ABBY GREEN

Mensonge au palais

Traduction française de
ANNE-LAURE PRIEUR

AZUR

HARLEQUIN

Collection : Azur

Titre original :
MISTAKEN AS HIS ROYAL BRIDE

HARPERCOLLINS FRANCE
83-85, boulevard Vincent-Auriol, 75646 PARIS CEDEX 13
Service Clients — www.harlequin.fr
ISBN 978-2-2805-0782-0 — ISSN 0993-4448

Édité par HarperCollins France.
Composition et mise en pages Nord Compo.
Imprimé en août 2024 par CPI Black Print (Barcelone)
en utilisant 100% d'électricité renouvelable.
Dépôt légal : septembre 2024.

FSC
www.fsc.org
MIXTE
Papier issu de sources responsables
FSC® C159065

Pour limiter l'empreinte environnementale de ses livres, HarperCollins France s'engage à n'utiliser que du papier fabriqué à partir de bois provenant de forêts gérées durablement et de manière responsable.

Mensonge au palais

1

Maddi Smith se serait crue dans un film futuriste. En plein désert, sous un soleil de plomb, se côtoyaient des attractions toutes plus incroyables les unes que les autres. Sur une scène, un groupe mondialement connu jouait devant des fans en délire. Des stands disséminés un peu partout proposaient smoothies bio et shots de tequila, hamburgers et nourriture de rue asiatique. Des géants fantasmagoriques – en réalité des gens perchés sur des échasses – fendaient la brume de chaleur. Un couple la dépassa, main dans la main, entièrement nu sous leur bodypaint. Dans un cirque à ciel ouvert, une trapéziste en justaucorps pailleté s'élança dans le vide, sa chevelure rousse flamboyant derrière elle, rattrapée avec une précision époustouflante par son partenaire. De grandes installations éphémères en bois – maisons, moulins, navires – se découpaient sur l'azur du ciel. Au loin, un homme traversait le désert sur une moto en forme de poisson. Des gens de tous âges allaient et venaient dans ce décor magique, réunis par leur excentricité et leur joie de vivre, pour beaucoup très court vêtus.

— Cet endroit est génial, Mads ! D'où t'est venue l'idée ?

Laia passa un bras autour de ses épaules. Le cœur de Maddi se gonfla d'affection. Elle adorait sa demi-sœur, même si elles ne se connaissaient que depuis un an. Aujourd'hui, elles se fondaient parmi les autres festivaliers dans le village de tipis où elles avaient passé la nuit. Laia portait une brassière noire à strass, un short ultra-court sur des bas résille et d'épaisses bottines noires. Ses cheveux étaient crêpés et striés de fines petites nattes. Maddi arborait presque la même tenue, avec une minijupe dorée à la place du short. Toutes deux s'étaient maquillé les yeux avec du fard à paupières vert à paillettes. Une paire de lunettes d'aviateur steampunk complétait leur costume, tout en les protégeant du soleil et du sable.

Maddi serra le bras de Laia.

— J'en avais entendu parler dans le club où je travaillais à Dublin. Depuis, je rêvais d'y aller.

Laia sourit.

— Le club où tu devais t'habiller en soubrette ?

— Ne m'en parle pas, grommela Maddi. Si je portais ce costume ici, personne ne sourcillerait.

Au même moment, elles croisèrent un homme seulement vêtu d'un string et d'un plaid sur les épaules. Ses lunettes de soleil comptaient un verre de plus pour son troisième œil. Il inclina la tête en soulevant son chapeau imaginaire.

— Mesdemoiselles.

Elles gloussèrent. Maddi agrippa la main de sa sœur.

— Viens, allons manger quelque chose. Je meurs de faim.

— Pour changer, la taquina Laia.

Ignorant sa pique, Maddi l'entraîna à travers la foule, consciente de l'équipe de sécurité qui ne les quittait pas d'une semelle. Car Laia n'était pas n'importe qui. Elle était la princesse héritière d'Isla'Rosa, petit royaume méditerranéen, dont elle deviendrait reine dans quelques semaines, le jour de ses vingt-cinq ans. Maddi, elle, était le fruit d'une liaison secrète du roi, un an après la mort de sa femme bien-aimée, décédée en mettant Laia au monde. Quand la mère de Maddi s'était trouvée enceinte, le monarque avait paniqué et l'avait exilée du royaume, en lui accordant une rente pour élever sa fille illégitime, à condition qu'elle ne remette jamais les pieds à Isla'Rosa. Sa mère était donc partie, enceinte et le cœur brisé. Elle n'avait jamais caché ses origines à Maddi, qui avait grandi en se sentant responsable du sort de sa mère, consciente de son inconsolable tristesse. Sans elle, sa mère n'aurait jamais été chassée de son pays. Laia n'avait appris son existence que quatre ans plus tôt, lui avait-elle raconté. Son père, rongé par le remords sur son lit de mort, lui avait confié qu'il avait eu cette liaison pour oublier son chagrin, alors qu'il était seul avec un bébé à élever. Il avait supplié Laia de retrouver sa demi-sœur afin d'obtenir son pardon.

Laia n'avait pas obéi tout de suite. Elle avait eu peur. Peur que Maddi la déteste et ne veuille pas entendre parler d'elle. Ou que, par vengeance, elle fasse valoir son droit au trône dans la seule intention de nuire à Isla'Rosa. Mais elle avait fini par remonter la trace de Maddi jusqu'en Irlande, et ses craintes s'étaient évanouies. Un lien fort s'était immédiatement créé entre elles. Comme si elles se connaissaient depuis toujours.

Laia tenait à révéler l'existence de Maddi au grand jour. Mais toutes deux avaient convenu d'attendre après le couronnement, lorsqu'elle serait officiellement reine et pourrait la présenter comme sa demi-sœur et princesse d'Isla'Rosa. Leur père, le roi, avait été vénéré de son vivant pour l'amour indéfectible qu'il portait à sa femme disparue. La nouvelle d'une liaison et d'une fille illégitime serait un choc, au-delà des frontières d'Isla'Rosa. Maddi ne voulait pas être la cause de réactions défavorables à la veille du couronnement. Elle n'avait aucun dessein malveillant vis-à-vis du royaume. Tout ce qui comptait pour elle était de connaître sa sœur. Elle n'aurait jamais pensé que Laia la chercherait, elle qui, de son côté, n'avait rien fait pour la rencontrer. Cette vie royale faite de devoirs et de privilèges était si éloignée de son quotidien banal... Pour elle, cela revenait à vivre sur une autre planète.

Maddi n'éprouvait aucune rancœur d'avoir été écartée. Elle était réservée et peu portée sur les études. Les rares fois où sa curiosité l'avait poussée à faire des recherches en ligne sur sa sœur, la prestance et l'assurance en public de cette dernière l'avaient intimidée. C'était un soulagement de ne pas être à sa place. Laia parlait couramment cinq langues ! Maddi, elle, n'en parlait qu'une seule. À vrai dire, elle hésitait encore à revendiquer son titre de princesse d'Isla'Rosa. Elle ne se sentait pas prête, même après un an à jouer la dame de compagnie de sa sœur.

C'était Maddi qui avait suggéré ce stratagème quand Laia avait voulu la faire venir à Isla'Rosa. Son rôle de cameriste infiltrée lui avait permis d'apprendre à mieux connaître sa sœur et de découvrir incognito le pays de ses ancêtres. Cette année avait été une révélation. Qui aurait cru qu'elle tomberait sous le charme du petit royaume insulaire ? Mais ses falaises fleuries, ses plages idylliques et la capitale médiévale de Sant'Rosa l'avaient conquise, de même que ses habitants qui l'avaient accueillie à bras ouverts. Pour la première fois, elle s'était sentie vraiment chez elle.

Elle ne s'était pas non plus attendue à devenir si proche de Laia, de près de deux ans son aînée. Maddi avait gagné non seulement une sœur, mais aussi une véritable amie. Toute sa vie, consciente du lourd secret qu'elle portait, elle avait maintenu les gens à distance. Meurtrie par le rejet de son père avant même sa naissance. Une blessure qu'elle gardait enfouie au fond de son cœur, en plus de sa culpabilité vis-à-vis de l'exil de sa mère. Rencontrer Laia et découvrir Isla'Rosa avait mis un peu de baume sur ces émotions complexes. Et qui sait ? Peut-être sa mère finirait-elle par retourner sur son île natale avec son mari irlandais ?

Alors qu'elles faisaient la queue à un stand, Maddi sourit devant l'enthousiasme débridé de sa sœur. À l'approche du couronnement, elle avait senti Laia de plus en plus soucieuse, raison pour laquelle elle avait organisé cette escapade.

— Ça te changera les idées, avait-elle décrété. Et ça renforcera ton image de princesse irresponsable qui ne pense qu'à s'amuser. D'une pierre deux coups.

Laia avait applaudi des deux mains.

— Excellent ! Quand partons-nous ?

Sa sœur portait seule sur ses épaules le fardeau de devenir reine. Depuis toujours. Maddi éprouva une pointe de culpabilité. C'était absurde, puisqu'elle avait été exclue de la famille royale. Néanmoins, elle sentait aujourd'hui qu'endosser son rôle de princesse était sa destinée, même si cette perspective l'angoissait. Elle le devait à Laia, mais aussi à sa mère afin que son exil n'ait pas été vain.

Un reflet au loin lui fit plisser les yeux. Le soleil ricochait sur le fuselage d'un avion sur le point d'atterrir. Un jet privé, à en juger par sa taille. Maddi eut un mauvais pressentiment. Son regard revenait sans cesse vers l'appareil. Un point approchait maintenant à vive allure dans un nuage de poussière et de sable.

— Qu'y a-t-il ? demanda Laia. Qu'as-tu vu ?

— Un jet vient d'atterrir. Quelqu'un arrive...

— Plein de gens arrivent à toute heure de la journée.

Cette arrivée-là était différente, Maddi en était certaine. Le véhicule approchant était un SUV noir aux vitres teintées. Il avait un côté officiel qui contrastait avec l'ambiance décontractée du festival. Laia se raidit à ses côtés.

— Il ne m'aurait quand même pas suivie jusqu'ici ? D'accord, je voulais qu'il voie les photos dans la presse. Mais de là à se déplacer en personne...

Maddi savait de qui parlait sa sœur. L'homme qu'elle était censée épouser dans un futur proche. Elle lui avait été promise à sa naissance, selon une pratique archaïque qui avait choqué Maddi lorsqu'elle en avait appris l'existence. Cet homme, c'était le roi Aristedes de Valle y Montero de Santanger, le royaume voisin d'Isla'Rosa. Leur union devait sceller celle de leurs deux pays, enfin en paix après des siècles de rivalité.

Le problème était que Laia répugnait à ce mariage qui, à ses yeux, menaçait l'indépendance d'Isla'Rosa. Plus petit que son voisin, Isla'Rosa serait naturellement dominé par Santanger, royaume riche et prospère. Laia avait des projets pour son pays. Elle aussi aspirait à consolider la paix. Mais par le biais de traités diplomatiques et d'accords commerciaux, pas d'un arrangement d'un autre temps. Hélas, Aristedes était connu pour son attachement aux traditions. Laia craignait qu'il refuse de l'écouter et fasse pression sur elle en invoquant son sens du devoir. Préserver l'autonomie d'Isla'Rosa était capital pour elle. Et dorénavant, pour Maddi aussi.

Le SUV s'arrêta à la lisière du site. Son chauffeur en descendit et ouvrit la portière arrière. Un homme jaillit du véhicule. La réaction de Laia ne laissait aucun doute : il s'agissait bien du roi Aristedes. Maddi ne l'avait jamais vu en personne. Même à cette distance, impossible d'ignorer sa haute stature. Il dépassait tout le monde d'une tête. Son costume sombre trois pièces détonnait au milieu des tenues extravagantes des festivaliers. Il fendait la foule, entouré de ses gardes du corps également en costume noir, lunettes de soleil sur le nez. Ils juraient tellement que Maddi aurait trouvé la scène comique si Laia n'avait pas été aussi tendue. Les doigts de sa sœur lui broyaient le bras.

— Dis-moi que je rêve, maugréa-t-elle.

— Tu l'évites depuis des mois, rappela Maddi. Nous avons quitté Manhattan pile le jour où il venait t'inviter à déjeuner.

Ce n'était pas la première esquive de Laia. Maddi comprenait que le roi perde patience, lui qui se disait haut et fort prêt à régner avec sa reine à ses côtés.

— J'espérais tenir jusqu'à mon anniversaire, dit Laia. Une fois reine, je serai en meilleure position pour renégocier le mariage et proposer d'autres solutions.

Le roi Aristedes approchait rapidement, d'une démarche souple et féline, nota Maddi. Il était encore plus grand qu'elle l'avait cru. Athlétique, large d'épaules, il exsudait un tel charisme que toutes les têtes se tournaient sur son passage. Un exploit au vu des innombrables attractions alentour. Il était aussi incroyablement bel homme avec ses cheveux noirs, ses traits ciselés et sa mâchoire volontaire ombrée d'une barbe de trois jours. Sa bouche était invisible à cette distance, mais Maddi l'avait vue sur les photos. Ferme. Sensuelle. *Sexy.*

Bon sang, comme si c'était le moment de saliver !

Elle s'arracha à sa transe et se tourna vers sa sœur. Laia était très pâle.

— Laia, ça va ?

Celle-ci fit non de la tête.

— Je n'en reviens pas qu'il persiste à vouloir m'épouser après tout ce que j'ai fait pour l'en dissuader…

Elle faisait allusion à la stratégie qu'elle avait adoptée : s'afficher à toutes les soirées mondaines afin de passer pour une femme insouciante ne songeant qu'à faire la fête, et ainsi décourager le souverain notoirement conservateur.

Maddi tenta de la raisonner.

— Écoute, puisqu'il est là, pourquoi ne pas en profiter pour lui parler et lui expliquer ta vision des choses ?

— J'ai déjà essayé après les funérailles de notre père, répondit Laia. Il n'a rien voulu entendre. Pour lui, notre mariage doit avoir lieu comme prévu. Il ne s'intéresse pas à la personne que je suis et ne voit en moi qu'un moyen de parvenir à ses fins.

— Mais si le couronnement a lieu avant le mariage, cela ne risque-t-il pas de compromettre la paix ?

— Non. Il ne voudrait pas paraître rancunier. Et puis, nous seuls savons que le mariage est censé être célébré avant le couronnement. Le public n'est pas au courant. Nous attendions le dernier moment pour annoncer la nouvelle, afin d'éviter toute action de la part d'éventuels opposants dans les deux pays. Le danger est minime, mais on ne sait jamais. Je pourrais même utiliser cela à mon avantage. Santanger se targue d'être un royaume moderne et progressiste. Raison de plus pour oublier ce mariage, non ? J'ai besoin de gagner du temps afin de le rencontrer sur un pied d'égalité, en tant que souveraine.

L'anxiété voilait ses yeux verts.

— Mads, je refuse qu'Isla'Rosa se fasse avaler par Santanger. Nous nous sommes tant battus pour notre indépendance ! Notre père n'a consenti à cet accord que sous la pression de celui d'Aristedes, qui a imposé le mariage avant mes vingt-cinq ans pour placer Santanger en position de force.

Elle secoua la tête.

— Sur le moment, il a dû penser que ce serait une bonne chose que j'aie un mari à mes côtés au moment de devenir reine. Mais au fil du temps, il a pu juger de mes compétences et je crois qu'il regrettait d'avoir cédé. Sur son lit de mort, il m'a encouragée à me marier par amour, quels que soient les enjeux. Peut-être était-ce sa façon de me pousser à me rebeller.

Laia soupira.

— Il voulait que je sois heureuse, et toi aussi, Maddi. Je suis sûre de réussir à convaincre Aristedes que notre mariage n'est pas indispensable à une paix durable entre nos deux pays. Mais pour cela, je dois d'abord être couronnée. En l'état, je suis vulnérable et il le sait, raison pour laquelle il tient à m'épouser au plus vite. C'est la preuve qu'il n'a pas changé d'avis. Il veut un mariage de convenance qui lui donne la mainmise sur Isla'Rosa.

Maddi éprouva un farouche élan de loyauté envers Laia. Elle tenait enfin sa chance d'être utile à la fois à sa sœur et au royaume qu'elle représentait.

— Laia, à quand remonte la dernière fois que le roi Aristedes t'a vue en personne ?

— À deux ou trois semaines après les funérailles de notre père, répondit-elle. Cela fait donc quelques années.

— Eh bien, quand tu esquives quelqu'un, tu ne fais pas semblant !

Laia haussa les épaules.

— J'ai fait ce que je devais pour éviter l'irréparable. Mais cela n'a pas suffi. La preuve…

Elle regarda par-dessus son épaule et grimaça. Maddi sentit un frisson lui remonter l'échine, comme si elle aussi était affectée par la présence du roi. Bizarre… Elle ne l'avait jamais rencontré. *Plus pour très longtemps.*

Elle posa les mains sur les épaules de sa sœur.

— Pars. Maintenant. Fonds-toi dans la foule et disparais.

Laia fronça les sourcils.

— Que veux-tu dire ? Et toi, alors ?

— Moi, je m'occupe du problème. Tu as juste besoin de te cacher jusqu'à ton anniversaire, pas vrai ?

Sa sœur opina.

— Alors je vais faire en sorte de distraire le roi Aristedes jusqu'à ce qu'il soit trop tard.

— Comment ?

Maddi sourit.

— Qu'est-ce qui nous a tout de suite sauté aux yeux lors de notre première rencontre ? Notre ressemblance. On pourrait passer pour des jumelles.

Les chuchotements allaient bon train au sein du palais. Mais personne n'avait jamais eu le cran d'en parler tout haut.

Le jour se fit dans l'esprit de Laia.

— Non, Mads. Tu es complètement folle. Je ne peux pas te laisser faire cela.

Maddi tint bon.

— Tu portes d'énormes responsabilités sur les épaules. Laisse-moi faire quelque chose pour toi et notre pays, pour changer.

Elle fit signe à leurs propres gardes du corps, dont le chef s'approcha aussitôt.

— Emmenez la princesse loin d'ici, ordonna-t-elle. Sa sécurité est menacée.

L'homme obéit au quart de tour. Agissant comme un bouclier humain, il entraîna Laia dans la foule, où ils disparurent en quelques secondes.

Maddi n'en revenait pas de ce qu'elle venait de faire. Sans regret. Elle et Laia pouvaient réellement passer pour des jumelles. Seules ses légères dents du bonheur les trahissaient. Et leurs yeux. Ceux de Laia étaient verts. Les siens, plutôt noisette tirant sur le vert. Mais ils avaient la même forme en amande. Toutes deux avaient de longs cheveux bruns, un nez droit et le teint olive. Elles faisaient la même taille. La seule autre véritable différence était leur silhouette, pulpeuse chez Maddi, qui enviait le galbe athlétique de sa sœur.

Elle prit une grande inspiration et se retourna. Le roi continuait d'avancer en scrutant les gens. Sans doute perçut-il son attention, car son regard se dirigea vers elle. Il s'immobilisa. Tel un prédateur ayant reniflé sa proie. Le brouhaha s'assourdit autour d'elle. Il souleva ses lunettes de soleil, et ses yeux de jais la transpercèrent. Le cœur de Maddi fit un triple salto. La mâchoire serrée, il fit cap dans sa direction.

Elle dut renverser la tête en arrière lorsqu'il se planta devant elle. Sans un mot, il la détailla de la tête aux pieds. Maddi sentait sa peau s'embraser partout où les yeux du roi s'attardaient. Quand il se décida à parler, sa voix grave et profonde se répercuta dans tout son être.

— L'insaisissable princesse Laia… Il est temps de rentrer accomplir votre devoir, vous ne croyez pas ?

2

Maddi regardait le festival rapetisser jusqu'à n'être plus qu'un point dans le désert. Laia, quelque part au sol, contemplait-elle l'avion en train de s'éloigner dans le ciel ? Il n'y avait plus qu'à croiser les doigts pour que leur plan fonctionne.

Assis de l'autre côté de l'allée, Aristedes ne la quittait pas des yeux. Maddi, elle, fuyait son regard. Ce serait comme fixer le soleil en face. Trop éblouissant. Sa tenue l'embarrassait. Hors contexte, elle faisait vulgaire et en dévoilait beaucoup trop.

— Qu'est-ce que c'était que cet endroit ?

Son ton cinglant lui déplut. À contrecœur, elle tourna la tête vers lui.

— Un festival très célèbre, qui réunit les passionnés d'art et de musique dans un univers fantaisiste au service de la créativité et de l'innovation. C'est un événement unique en son genre.

— Ridicule.

Elle pivota de manière à lui faire face. Alors qu'elle ouvrait la bouche pour répliquer, elle surprit le regard du roi glissant furtivement vers sa poitrine. Une violente décharge électrique la traversa, au point de lui faire oublier ce qu'elle voulait dire.

Il haussa un sourcil.

— Peut-être pouvez-vous retirer vos lunettes, maintenant.

Maddi mit quelques secondes à comprendre qu'il parlait des lunettes d'aviateur sur sa tête. Elle les enleva et grimaça lorsqu'elles se prirent dans ses cheveux. Il faisait frais dans l'avion. L'air conditionné, et peut-être la froideur d'Aristedes, la firent frissonner. Bien sûr, il s'en aperçut.

— Vous êtes à peine habillée, remarqua-t-il. N'avez-vous rien d'autre à vous mettre ?

Il l'avait laissée récupérer quelques affaires dans son tipi avant de partir. Elle avait bien d'autres vêtements, mais elle doutait qu'ils changent grand-chose. Elle sauta néanmoins sur cette occasion de s'isoler. Sa proximité lui faisait perdre ses moyens et elle avait besoin de s'éclaircir les idées.

— Si. Je vais me changer.

— Il y a une chambre avec salle de bains au fond.

Maddi se leva, aussi gracieusement que possible, et disparut dans la suite.

Sitôt la porte fermée, elle relâcha sa respiration. Mission accomplie ! Elle avait dupé le roi Aristedes. Même si le subterfuge donnait seulement à Laia le temps de se cacher, le jeu en valait la chandelle.

Elle regarda autour d'elle. La suite était somptueuse, dans les mêmes tons beige et or que le reste de l'avion. Une épaisse moquette étouffait ses pas. Maddi s'était habituée au luxe au palais d'Isla'Rosa. Mais pas à un tel niveau. Elle posa son sac sur le lit, l'ouvrit et sélectionna une tenue de rechange.

Dans la salle de bains, la vue de la douche à l'italienne lui fit prendre conscience de son état. Poussière et transpiration ne faisaient pas bon ménage. Elle se sentait moite et collante. Ni une ni deux, elle se déshabilla et soupira d'aise sous le jet d'eau chaude. Un shampoing n'était pas de trop. Elle mit un temps fou à effacer son maquillage jusqu'à la dernière paillette.

Une fois propre, elle enroula ses cheveux dans une serviette et enfila un peignoir. Son reflet dans le miroir lui fit un choc. Seigneur, qu'est-ce qui lui était passé par la tête ? Jamais elle ne convaincrait le roi qu'elle était Laia. Soudain, toutes leurs différences lui sautaient aux yeux. Maddi avait grandi en Irlande. Malgré ses origines méditerranéennes, elle était plus pâle que sa sœur, qui arborait un joli hâle naturel. Ses cheveux n'étaient pas éclaircis par le soleil comme ceux de Laia, et ses yeux paraissaient vraiment plus sombres. Quelle folie ! Mais trop tard pour faire marche arrière. Elle s'habilla et se sécha les cheveux, puis se décida à rejoindre le roi Aristedes, certaine d'être immédiatement démasquée.

Elle aurait au moins fait gagner un peu de temps à Laia. C'était déjà cela.

Ari entendit la porte s'ouvrir derrière lui. Il frémit d'anticipation, à son grand dam. Depuis que son regard avait croisé celui de la princesse Laia, dans cette espèce de cirque perdu au milieu de nulle part, son corps réagissait étrangement à sa présence. Jamais elle ne lui avait fait cet effet-là avant. Certes, cela faisait quatre ans qu'il ne l'avait pas revue. Elle était une vraie femme, désormais.

— Désolée. J'ai pris une douche. J'espère que vous n'y voyez pas d'inconvénient.

Son parfum l'assaillit avant qu'elle n'apparaisse. Rose et musc. Il tourna la tête lorsqu'elle passa devant lui, ses yeux se retrouvant juste à hauteur de sa taille de guêpe. Elle arborait maintenant un short en jean dénudant ses longues jambes fuselées et une paire de spartiates qui laissaient voir le vernis couleur corail sur ses ongles de pied. Son regard remonta plus haut, le long d'un justaucorps rose fluo qu'elle portait sans soutien-gorge. Le lycra moulait les plus beaux seins qu'il ait jamais vus, en forme de poires dont les pointes tendaient le fin tissu. Le désir le cloua à son siège. Pour une femme à qui il était promis depuis ses huit ans. Et qui ne lui avait jamais rien inspiré de tel jusque-là.

Son visage était démaquillé, plus pâle que dans le souvenir d'Ari, mais d'une beauté captivante. Elle s'était embellie depuis leur dernière rencontre. Ses yeux en amande, si particuliers... Il les avait toujours crus verts. Mais ici, dans l'avion, ils semblaient presque noisette. Et sa bouche... Avait-elle toujours été aussi sensuelle, naturellement sculptée en une moue provocante ? Sa conscience le travailla. Il ne reconnaissait même pas sa propre fiancée !

Tempérant ses ardeurs, il s'adressa à elle froidement :

— N'avez-vous rien pour vous couvrir ?

Laia s'assit dans son fauteuil et le mouvement fit rebondir ses seins sous le lycra. Ari déglutit. Bon sang, pourquoi réagissait-il comme s'il était en pleine puberté ? Même adolescent, il avait plus de contrôle sur ses hormones. Rester maître de soi en toutes circonstances était la clé. Jamais il ne dérogeait à cette règle. Mais les courbes pulpeuses de la princesse étaient un appel au vice.

Il retira sa veste et la lui tendit.

— Tenez. Mettez ça.

Elle glissa les bras dans les manches trop grandes et croisa les pans sur sa poitrine. Il regrettait déjà de l'avoir obligée à se couvrir. Était-il en manque ? Peut-être. Il s'était séparé de sa maîtresse quelques mois plus tôt pour se focaliser sur la poursuite de sa fiancée rebelle. Ses dernières conquêtes avaient été décevantes. À tout point de vue, pas uniquement au lit. Ce désintérêt l'avait conforté dans sa résolution d'honorer son pacte royal. Il était prêt à se marier. Non sans une certaine résignation, puisque cela signifiait s'engager avec une seule femme pour le restant de sa vie, quelle que soit leur compatibilité. Jamais il ne tromperait sa reine. Les infidélités répétées de son père avaient brisé sa mère. Elle était devenue instable et aigrie. L'amour ne durait pas. La passion non plus. Seuls les imbéciles croyaient encore à ce mythe. Il appréciait Laia. Assez pour la mettre dans son lit, même si elle n'était pas son genre habituel. Alors cette soudaine affinité physique le déroutait. La princesse Laia Sant'Roman d'Isla'Rosa l'avait toujours laissé de marbre sur ce plan-là.

Qu'est-ce qui avait changé ?

— Je n'arrive pas à croire que vous soyez venu me chercher jusqu'ici.

Maddi frémit sous le regard réprobateur du roi Aristedes. Le dégoût qu'elle lui inspirait n'aurait pu être plus flagrant. Elle se maudit de ne pas avoir récupéré toutes ses affaires dans le tipi. Au moins un pull ou une tunique. La veste du roi était chaude autour de ses épaules. Imprégnée de son odeur, un mélange enivrant de bois et de cuir, relevé d'une note plus exotique...

— J'en avais assez que mes invitations soient ignorées ou annulées. Trop, c'est trop. Nous avons un pacte à honorer. Le moment est venu d'assumer notre devoir en tant que roi et reine de Santanger.

— Et d'Isla'Rosa, compléta Maddi. Ce mariage fera aussi de vous le roi de mon pays.

Il inclina la tête.

— C'est ce que prévoit l'accord.

Maddi serra les poings.

— Je ne veux pas qu'Isla'Rosa souffre de cet arrangement. Le pacte ne stipule pas que nous devions perdre notre autonomie. C'est pourtant ce qui va se passer, n'est-ce pas ?

— Notre mariage profitera à Isla'Rosa. Seuls d'importants investissements lui permettront de développer pleinement son potentiel, répondit-il avec une suprême arrogance. Rien n'empêche le Conseil, qui gouverne en attendant notre mariage ou vos vingt-cinq ans, de continuer son excellent travail. Il a prouvé sa compétence durant vos fréquentes... absences.

Maddi se rembrunit. Laia avait raison : il se moquait éperdument d'elle et de son désir de régner sur son propre pays. En apparence, le Conseil détenait le pouvoir. Mais Laia avait acquis de plus en plus de responsabilités depuis la mort de leur père, au point que le Conseil s'en remettait désormais à elle pour la plupart des décisions. Elle n'était pas une reine fantoche.

Bien sûr, le roi Aristedes l'ignorait. Quoi d'étonnant ? Laia avait volontairement cultivé une image de princesse hédoniste et insouciante dans l'espoir de décourager ses projets de mariage. Il était de notoriété publique qu'Aristedes était un homme sérieux, très à cheval sur les principes. Tout l'inverse de son jeune frère, le prince Dax, à la réputation de play-boy invétéré.

L'intransigeance d'Aristedes donnait à réfléchir.

— Êtes-vous sûr que ce soit une bonne idée ? avança Maddi. Vous et moi sommes très différents.

D'après Laia, elle n'était même pas son genre. Il semblait plus attiré par les grandes blondes longilignes à la beauté glacée. Maddi et sa sœur avaient un physique méditerranéen reflétant leur héritage mixte – romain, grec et maure.

La voix grave d'Aristedes la ramena au présent.

— Ce n'est pas une question de compatibilité. C'est bien plus que cela. Notre mariage scellera un accord établi entre nos pères respectifs afin de garantir une paix durable dans la région.

Ce père que Maddi n'avait pas connu. Sans le savoir, Aristedes ravivait une vieille blessure. Avait-il pensé à elle parfois ? S'était-il demandé ce qu'elle devenait ? L'avait-il seulement aimée ?

Maddi balaya ces questions pour se concentrer sur son échange avec le roi. Plus facile à dire qu'à faire. Le jeu de ses muscles sous la chemise blanche avait une furieuse tendance à lui faire perdre le fil. Qui aurait cru que derrière les costumes sur mesure se cachait un véritable athlète professionnel ?

— Vous n'avez aucune objection à un mariage sans amour ni points communs ?

— Aucune, asséna-t-il. Ce mariage est avant tout une alliance stratégique. Si nos pays avaient fait cela avant, bien des guerres auraient pu être évitées.

Maddi avait étudié l'histoire d'Isla'Rosa et, par extension, celle de Santanger. Des guerres du Moyen Âge à la dernière bataille en date le siècle précédent, elle était pour le moins sanglante. Difficile d'imaginer de tels carnages dans les rues pittoresques de la capitale d'Isla'Rosa ou les eaux turquoise entourant l'île. Peut-être Aristedes avait-il raison…

Elle s'en voulut aussitôt de trahir sa sœur. Ce n'était pas que Laia reniait son devoir. Pas du tout. Elle voulait seulement l'accomplir avec un partenaire aimant à ses côtés, prêt à jurer respect et loyauté à la Couronne d'Isla'Rosa.

Maddi admirait l'idéalisme de Laia en amour. Mais elle ne le partageait pas. Elle avait grandi en regardant sa mère recoller un à un les morceaux de son cœur brisé. Celle-ci avait fini par se marier et semblait plutôt heureuse aujourd'hui. Mais les séquelles ne s'effaceraient jamais totalement. Trouver l'amour n'intéressait pas Maddi. D'après son expérience, ce sentiment ne semait que tristesse et désolation sur son passage. Cela lui faisait un point commun avec Aristedes. Ce qui n'était pas pour la rassurer.

— Où allons-nous ? questionna-t-elle à brûle-pourpoint.

Elle n'avait même pas pensé à demander.

— À Santanger. Le mariage s'y tiendra dans quelques semaines. Les préparatifs sont loin d'être terminés.

Quelques semaines. Une preuve de plus que, pour le roi Aristedes, le mariage devait avoir lieu comme prévu. Il avait tout planifié et ne tolérerait aucun contretemps. Elle eut envie de l'aiguillonner un peu.

— Et si nous repoussions le mariage après mon couronnement ? suggéra-t-elle.

L'expression d'Aristedes devint sévère.

— Impossible.

— Rien n'est impossible, répliqua-t-elle.

Il secoua la tête.

— Tout se déroulera tel que défini par l'accord. Vous deviendrez reine d'Isla'Rosa quand nous serons mariés.

Soit seulement après qu'il en sera devenu roi, par le biais d'un mariage sonnant le glas de l'indépendance d'Isla'Rosa.

Aristedes s'impatienta.

— Vous savez déjà tout cela. Vous avez eu toute votre vie pour vous y préparer.

En effet. Elle avait commis un faux pas. Elle devait agir en tant que Laia, pas en tant que Maddi. Laia gardait toujours son calme.

— Vous avez raison. C'est le cas.

— Je peux donc vous faire confiance ? Pas de nouveau tour de passe-passe ?

Maddi imagina sa sœur dans un autre avion, en route pour l'autre bout du monde. Hors de question de la compromettre.

Elle le gratifia d'un sourire mielleux.

— Non, vous avez ma parole. Je n'irai nulle part.

Jusqu'à ce qu'il comprenne qu'elle n'était pas la princesse et la chasse de Santanger. Ou pire, la jette dans un cachot. Il en était bien capable, dans sa colère d'avoir été joué. Laia lui avait fait visiter les sinistres geôles du château d'Isla'Rosa. Maddi en avait fait des cauchemars pendant des semaines.

Visiblement satisfait de voir sa fiancée rentrer dans le rang, le roi retourna à son écran d'ordinateur. Maddi comprenait mieux les doutes de sa sœur. Dieu, ce qu'il était arrogant ! Pas étonnant que Laia se soit braquée, au point de prendre des mesures extrêmes pour le faire changer d'avis. Mais Aristedes était un roc. Rien ne le faisait bouger.

Quant à elle... Elle n'osait imaginer sa réaction lorsqu'il découvrirait qui elle était vraiment.

— N'avez-vous vraiment rien d'autre à porter ?

Maddi baissa les yeux sur sa tenue. Short en jean, justaucorps rose et spartiates. Pas très approprié pour une princesse. Au moins, elle restait fidèle à la démarche de Laia.

— Non, à part ma tenue d'avant.

L'avion allait atterrir dans quelques minutes. Aristedes pinça les lèvres.

— Nous y remédierons au palais.

Maddi regarda par le hublot. Son pouls s'accéléra à la vue de Santanger au loin. C'était l'hiver, mais la mer miroitait au soleil comme en plein été. À l'instar d'Isla'Rosa, Santanger jouissait d'une météo agréable toute l'année. Rien à voir avec l'Irlande et son climat humide, où la pluie était une réalité quasi quotidienne et l'été, une saison à peine discernable des autres. Isla'Rosa se situait à l'ouest de Santanger, à tout juste une heure de vol. Une proximité pas toujours du goût de Laia, l'avait-elle entendue admettre.

À mesure qu'ils approchaient, un château se distinguait de plus en plus nettement, perché au sommet d'une colline surplombant la ville à ses pieds. Celui d'Isla'Rosa paraissait minuscule à côté.

L'édifice était impressionnant, à la fois forteresse défensive et palais de conte de fées avec ses tourelles fantaisistes. La côte se découpait en falaises à pic contre lesquelles se fracassaient les vagues, entrecoupées de plages de sable blanc paradisiaques.

L'aéroport était en vue, à présent, avec ses pistes pareilles à de longs rubans noirs. Les bâtiments étaient flambant neufs. Un exemple de la modernité de Santanger, infiniment plus riche que son voisin. L'aéroport d'Isla'Rosa, lui, accusait les années. Une autre raison pour laquelle Laia subissait une telle pression pour épouser Aristedes. Le royaume comptait sur les investissements de Santanger pour relancer son économie. Mais Laia tenait à faire entrer Isla'Rosa dans l'ère moderne à sa façon. Maddi admirait sa détermination.

L'avion se posa sur le tarmac, où attendait un comité d'accueil autour de voitures officielles décorées de drapeaux. Maddi prit soudain la pleine mesure de ce qu'elle avait fait. Son ventre se noua.

— Tout va bien ? Vous êtes très pâle, observa le roi.

Elle se força à sourire.

— Ce doit être quelque chose que j'ai mangé.

— Cela n'aurait rien d'étonnant, convint-il avec dérision.

Debout, il emplissait l'espace de son imposante carrure. Maddi se leva à son tour et fut prise d'un vertige. Contrairement à ce qu'elle avait dit, elle n'avait rien avalé de solide depuis près de quarante-huit heures. Elle dut chanceler car la main d'Aristedes se referma sur son bras. Le contact l'électrisa. Rien n'aurait pu la préparer à un tel choc.

— Êtes-vous sûre que tout va bien ? insista-t-il.

— Oui. Je me suis juste levée trop vite.

Le roi la lâcha et elle fit mine d'enlever sa veste.

— Vous allez en avoir besoin…

— Non.

Son ton cinglant trancha l'air.

— Gardez-la. Il y a des vêtements pour vous au palais.

— Mais vous ne connaissez pas ma taille…

Il la dévisagea d'une drôle de façon.

— Bien sûr que si. J'ai vos mesures, comme vous avez les miennes.

Ses yeux se promenèrent sur elle de haut en bas.

— C'est vrai que vous avez changé en quatre ans. Mais peu importe. Nous trouverons bien quelque chose qui vous ira.

Son être s'enfiévra sous le regard appuyé d'Aristedes. Maddi se sermonna. C'était un simple constat, pas un compliment.

L'équipe de sécurité réapparut tandis qu'une hôtesse de l'air aidait Aristedes à rassembler ses affaires. Le groupe au sol avait encore grossi. Sa nervosité redoubla. Elle serra la veste du roi autour d'elle et pressa son sac sur sa poitrine. Elle s'était rarement sentie aussi mal à l'aise. L'escalier de débarquement fut installé et la porte s'ouvrit. Au dernier moment, Maddi se rappela la présence de ses lunettes de soleil et les mit sur son nez.

— Allons-y, dit le roi en s'écartant pour la laisser passer.

Elle sortit la première, éblouie malgré ses lunettes noires. L'air était plus frais que dans le désert, mais d'une douceur agréable. Ses jambes nues l'embarrassaient tandis qu'elle descendait les marches. Des flashs crépitèrent à la périphérie de son champ de vision. Elle tourna la tête. Plusieurs photographes se bousculaient derrière un cordon de sécurité. Un juron s'éleva derrière elle et une main se posa sur sa taille.

— Ignorez-les. Par ici.

Avant d'avoir eu le temps de dire ouf, elle se retrouva à l'arrière d'un SUV noir aux vitres teintées. Quelques minutes après, ils roulaient à vive allure sur une large route bordée d'arbres. Ils ne mirent pas longtemps à atteindre la capitale, du même nom que le royaume. Santanger était une grande métropole où se côtoyaient modernité et histoire. La vieille ville débordait de charme avec ses petites rues sinueuses et ses maisons en pierre couleur ocre coiffées de toits en argile, égayées par une profusion de fleurs aux fenêtres. Une immense cathédrale de style baroque surplombait la mer, de la même couleur ocre.

Les boutiques huppées le long de la rue menant à la marina

reflétaient la richesse du royaume. La partie plus moderne de la ville surprit Maddi avec ses hautes tours de verre et d'acier. Le quartier financier, sans doute. Aristedes, se rappela-t-elle, était renommé pour son sens pointu des affaires et accueillait chaque année sur l'île un prestigieux sommet économique international. Sans compter son héritage royal, il était l'un des hommes les plus riches de la planète. Maddi se moquait de sa fortune. Tout ce qui comptait pour elle était de se rapprocher de sa sœur et de trouver sa place à Isla'Rosa.

Le SUV quitta la ville pour s'engager sur une route gravissant une colline. Peu après, il franchissait une imposante arche en pierre flanquée de gardes en uniforme, preuve qu'ils entraient dans une propriété privée. Maddi écarquilla les yeux. La cour qu'ils traversaient offrait une vue spectaculaire sur la Méditerranée, qui s'étendait à perte de vue sous un ciel bleu sans nuages. Au centre, une fontaine sculptée projetait d'élégants jets d'eau dans un joyeux gazouillis.

— On jurerait que vous n'êtes jamais venue avant, observa Aristedes.

C'était le cas. Mais Laia, si, bien que peu souvent. Elle devait vraiment faire plus attention.

— C'est... chaque fois un enchantement, prétexta-t-elle.

Le SUV s'arrêta et le roi en descendit. Un majordome s'approcha pour ouvrir la portière de Maddi. Elle perçut sa surprise lorsqu'elle sortit dans sa tenue criarde. Dieu merci, aucun autre employé n'était là pour les accueillir, à part l'équipe de sécurité et le groupe de l'aéroport. Elle n'osait imaginer ce qu'ils pensaient d'elle.

Le palais était encore plus intimidant vu d'ici. Une large entrée menait à une autre cour intérieure, elle aussi agrémentée d'une fontaine, d'où partaient plusieurs galeries. Une jeune femme souriante, à peu près du même âge qu'elle, s'avança vers Maddi.

— Voici Hannah, dit Aristedes. Elle va vous conduire à votre suite et vous donner de quoi vous changer.

— Vous partez ?

À l'idée de se retrouver livrée à elle-même, Maddi se sentit soudain très seule.

Le roi fronça les sourcils. À l'évidence, il n'avait pas l'habitude qu'on discute ses ordres.

— Comme vous le savez, j'ai beaucoup de travail. Nous dînerons ensemble ce soir. Quelqu'un viendra vous chercher.

Sur ces mots, il s'éloigna, entouré d'une cour d'assistants empressés.

— Si vous voulez bien me suivre, princesse Laia…

Maddi suivit Hannah à travers un dédale de couloirs, somptueusement décorés de fresques murales représentant les paysages de l'île. Plusieurs cours intérieures révélaient des influences mauresques semblables à celles visibles sur Isla'Rosa, preuve de leurs origines communes. Un ascenseur les conduisit à un étage supérieur, plus opulent encore, où régnait un silence feutré. Hannah s'arrêta devant une double porte qu'elle ouvrit avec emphase.

Maddi avait l'impression de rêver. La pièce était immense, et la moquette si moelleuse que c'était comme marcher sur un nuage. Un grand lit à baldaquin dominait l'espace avec ses draps bleu et blanc sentant bon le frais. La salle de bains attenante comprenait une double vasque, une douche à l'italienne et une baignoire invitant à la détente. Sur les étagères s'alignaient des produits tous plus luxueux les uns que les autres. La suite incluait également un salon avec canapé et télévision. Les étagères croulaient sous les livres et une sélection de magazines récents s'étalait sur la table basse. Mais la cerise sur le gâteau était la terrasse, véritable forêt de plantes en pot, dont certaines dégringolaient par-dessus la balustrade en pierre. De là, Maddi avait une vue dégagée sur la mer et la ville scintillant au soleil.

Les ailes du palais se déployaient, majestueuses, de chaque côté. En bas, elle pouvait apercevoir d'élégants jardins à la française, ainsi qu'une piscine qui donnait envie d'y piquer une tête. Une autre terrasse, beaucoup plus vaste, devait servir à accueillir les événements royaux. Pour l'heure, seul un paon s'y pavanait, exhibant les belles plumes de sa queue juste pour elle.

Hannah s'éclaircit la gorge dans son dos.

— Princesse Laia, désirez-vous déjeuner ?

Maddi se retourna. Son estomac gargouilla bruyamment.

— Avec plaisir. Je meurs de faim !

Les yeux d'Hannah s'arrondirent. *Zut.* Elle était censée jouer les princesses. Enfin, elle en était une, mais...

— Que souhaitez-vous que l'on vous serve ?

N'importe quoi, du moment que cela me remplit l'estomac. Elle opta plutôt pour la réponse qu'elle supposait être attendue d'elle :

— Une salade de poulet, ce serait parfait. Et des fruits, si vous avez ?

Hannah sourit.

— Bien sûr. Je reviens dans un instant. En attendant, n'hésitez pas à vous servir dans le dressing. C'est votre trousseau. Un cadeau du roi.

La jeune femme partie, Maddi suivit sa suggestion.

Le dressing, une pièce à part, regorgeait de vêtements à ne savoir qu'en faire. Sans oublier les chaussures et les bijoux. Elle caressa une robe de soirée iridescente et retira aussitôt la main, de peur de la salir. En vain, elle chercha quelque chose de confortable à porter. Était-ce trop demander, un jean et un T-shirt ? Pour finir, elle se rabattit sur ce qui s'en rapprochait le plus : un pantalon fluide et un chemisier en soie. Puis elle ouvrit un tiroir et resta pantoise devant les articles de lingerie fine. Les soutiens-gorge étaient si délicats qu'ils frôlaient l'immatériel. Le sang afflua à ses joues. Le roi avait-il approuvé ces achats ? Non, il était sûrement trop occupé. Il avait dû déléguer la tâche à des subalternes, qui avaient étudié la princesse avec attention. Tous ces vêtements convenaient parfaitement à sa sœur.

Maddi, elle, privilégiait un style plus éclectique. Et avait besoin de plus de maintien pour sa poitrine. Surtout après le regard sévère du roi dans l'avion. Sa température interne grimpa rien que d'y penser. Hélas, aucun de ces soutiens-gorge ne lui irait. Force lui était donc de s'en passer. Attrapant une culotte dans un tiroir, elle se déshabilla et enfila ses nouveaux vêtements, qui semblaient légers comme l'air sur sa peau. Par fantaisie, elle noua les pans du chemisier sur son ventre.

Hannah réapparut avec un délicieux repas, qu'elle déposa sur la table de la terrasse. Maddi mangea de bon appétit en admirant la vue. Soudain, elle se rappela son portable, qu'elle avait éteint avant le vol. Elle le ralluma et découvrit de nombreux messages de Laia.

Tout va bien ? Où es-tu ?

Tu es complètement folle, tu le sais, ça ?

Merci, Mads. Tu me sauves la vie.

Où es-tu ? S'il te plaît, dis-moi que ça va.

Maddi sourit et tapa une réponse.

Je vais bien. Je suis à Santanger. Le roi ne se doute de rien… pour l'instant. J'espère que ça t'aura donné le temps de disparaître. Où es-tu ? Au fait, je porte ton « trousseau ». Tu ne m'en veux pas ? Tu me manques. Bisous.

Elle envoya le message et attendit. Pas de réponse. Laia devait être dans un avion quelque part.

Son repas terminé, Maddi se sentait désœuvrée. L'envie la démangeait de sortir de sa suite. En avait-elle le droit ? Après tout, elle n'était pas prisonnière, n'est-ce pas ? Qu'est-ce qui l'empêchait d'explorer le palais ?

3

Ari faisait les cent pas dans son bureau. Il devrait être en train de se féliciter d'avoir enfin mis la main sur sa fiancée vagabonde. Mais quelque chose le travaillait. Tout avait été un peu trop… facile. Enfin, à part le fait qu'il avait dû traverser la planète pour aller la chercher en plein désert perdu.

Il ouvrit la porte-fenêtre et sortit sur la terrasse. Comme toujours, son cœur se gonfla de fierté devant la beauté de son île. Les mains sur la balustrade, il inhala à pleins poumons les senteurs familières, thym sauvage et fleurs exotiques sur fond d'air marin. Il ne tenait pas son héritage royal pour acquis. Contrairement à son père, qui le voyait comme une sorte de droit divin. Et peut-être Ari serait-il tombé dans le même travers s'il n'avait pas, très jeune, été témoin des faiblesses de son géniteur. Non, son père n'avait rien eu d'un dieu. C'était un homme de chair et de sang, régi par ses désirs primitifs. Un coureur de jupons et un hypocrite. Ari se refusait à insulter le peuple de Santanger comme son père l'avait fait.

Lui-même était loin d'être parfait. Mais s'il devait se marier pour son pays, il le ferait avec intégrité. Il ne serait pas infidèle. Jamais il ne tromperait sa reine. Il avait vu sa mère constamment bafouée, réduite à l'ombre d'elle-même. Elle s'était mariée par amour et était tombée de haut. La désillusion l'avait brisée. Ari en avait tiré une leçon utile : le grand amour n'existait pas. Ou seulement pour les gens normaux. Mais pas pour lui ou la princesse Laia.

Un mouvement en bas sur sa gauche capta son regard. En parlant du loup… La princesse se promenait dans la cour, en s'arrêtant de temps en temps pour humer le parfum d'une fleur. Elle s'était changée, étant à présent vêtue d'un chemisier et d'un pantalon fluide. Est-ce qu'elle était pieds nus ? Son sang frémit dans ses veines. Ses cheveux étaient relevés en un chignon lâche et des mèches folles dansaient autour de son visage. Il l'avait toujours vue tirée à quatre épingles. Presque trop, parfois. Mais aujourd'hui, avec sa chemise nouée à la taille, elle avait l'air d'une étudiante qui se serait égarée là par inadvertance.

Soudain, un des chiens du palais apparut dans la cour. Ari se raidit. La princesse avait peur des chiens car son père s'était fait mordre quand il était enfant. Il n'en avait jamais vu au palais d'Isla'Rosa lors de ses visites. Dommage. Lui adorait les chiens. L'animal, hirsute et imposant, marchait vers la princesse, qui ne se doutait de rien. Les mains d'Ari se crispèrent sur la balustrade. Il ne craignait pas pour sa sécurité. Seulement qu'elle soit prise de panique. Mais, comme si elle avait senti la présence du chien, la princesse se retourna… et s'agenouilla, tout sourire, pour le gratter derrière les oreilles.

Ari fronça les sourcils. Avait-elle suivi une thérapie par exposition pour guérir de sa phobie ? Il se souvenait très bien d'une visite d'elle et son père à Santanger quand elle était plus jeune. Tous deux s'étaient pétrifiés lorsque les chiens du palais s'étaient élancés à leur rencontre. Les animaux avaient dû être confinés dans le chenil pour toute la durée de leur séjour. Mais Laia agissait aujourd'hui comme n'importe quel amoureux des chiens, complètement gaga avec l'animal.

Un soupçon le saisit. Quelque chose clochait, sans qu'il parvienne à mettre le doigt dessus. Il retourna à son bureau, sur lequel s'étalaient des tabloïds et leurs clichés de paparazzis. Ses seules pistes pour traquer les déplacements de la princesse. Il pouvait les jeter à la poubelle, maintenant. Il n'en avait plus besoin. Encore que…

Sur une intuition, il se replongea dedans. Plus il examinait les images, plus sa frustration grandissait. Il ne savait même pas ce qu'il cherchait ! Jusqu'à ce qu'il tombe dessus... Une photo de la princesse Laia à Central Park, bras dessus bras dessous avec une inconnue, désignée comme une « amie » dans la légende. Les deux jeunes femmes avaient l'air proches. Mais le plus frappant était leur ressemblance physique. Elles auraient presque pu être jumelles. Mêmes longs cheveux bruns. Même taille. Une silhouette similaire, légèrement plus en courbes chez l'« amie ». Elles portaient des lunettes de soleil sur la photo. À sa grande honte, il ne se rappelait pas la couleur exacte des yeux de la princesse. Il chercha une photo officielle sur Internet... Verts. Ils étaient verts. Indubitablement.

Les yeux de la femme qu'il avait ramenée avec lui tiraient plutôt sur le noisette.

Une bouffée de colère l'envahit. Ce jour-là, il avait écourté un voyage d'affaires en Amérique du Sud pour la rejoindre à Manhattan. Mais à son arrivée, elle était partie, en laissant un piètre message d'excuse prétextant un imprévu. Une fois de plus, elle lui avait filé entre les doigts. Une autre photo attira son attention. Celle dans le désert, qui lui avait permis de retrouver sa trace après des mois de quête infructueuse. La légende sous le cliché lui avait fait voir rouge :

La princesse rebelle finira-t-elle par se ranger ?

Ce qu'il n'avait pas remarqué auparavant, c'était la même « amie » à ses côtés.

Il en était convaincu, à présent. La femme déambulant dans son palais, affublée des vêtements destinés à sa fiancée, n'était pas la princesse Laia. Pas étonnant qu'elle lui ait paru si différente ! Alors qui diable était-elle ? Et où se trouvait la princesse ?

D'humeur sombre, il s'empara de son téléphone et appela son frère.

— Dax ? J'ai un service à te demander...

— Princesse Laia ? Le roi vous attend pour le dîner.

Maddi se sentait inexplicablement nerveuse. Après sa promenade dans les jardins, elle avait voulu faire une sieste. Mais impossible de fermer l'œil. Elle tournait en rond, peu habituée à rester oisive. Elle et sa mère avaient bénéficié d'un soutien financier modeste de la part de son père. Par orgueil, sa mère s'était refusée à demander plus. La rente avait permis à Maddi de recevoir une bonne éducation. Mais toutes deux avaient dû subvenir elles-mêmes à leurs besoins. Sa mère travaillait comme réceptionniste dans un cabinet médical près de Dublin. Adolescente, Maddi avait pris un petit boulot pour l'aider. Elle avait l'habitude de travailler et d'être active. C'était pour cette raison qu'elle avait proposé à Laia d'être sa dame de compagnie. Pour avoir quelque chose à faire.

Elle suivit Hannah à travers un labyrinthe de couloirs. Devait-elle se sentir insultée que le roi Aristedes tienne autant à distance sa « fiancée » ? Hannah s'arrêta devant une imposante double porte flanquée de deux gardes au visage impassible. Maddi se retint d'essayer de les dérider, comme elle le faisait avec les gardes d'Isla'Rosa. Soudain, elle doutait de son choix de tenue. Mais trop tard pour faire demi-tour. Hannah avait frappé à la porte, que les gardes ouvrirent pour elle. Maddi entra dans ce qui ne pouvait qu'être les appartements privés du roi. L'opulence du vestibule confirma ses doutes. Ce qu'elle portait était complètement inapproprié.

Qu'est—ce que c'était que cette tenue ? Le désir foudroya Ari, malgré sa colère envers cette usurpatrice qui se faisait passer pour la princesse Laia. Le pantalon en cuir – en cuir ! – dessinait ses longues jambes et moulait amoureusement un fessier ferme et galbé. Le haut en dentelle noire mettait en valeur cette sublime poitrine qui l'avait déjà troublé dans l'avion. La gorge d'Ari s'assécha. Elle ne portait toujours pas de soutien-gorge.

Ses cheveux détachés ondulaient librement sur ses épaules. Son visage était très peu maquillé. Il n'en avait pas besoin. Comme pour celui de la princesse, sa beauté naturelle se passait d'artifice. Au moins, elle portait des chaussures, cette fois. Une paire de sandales à talons hauts qui lui faisait gagner quelques centimètres. Et rapprochait sa bouche de celle d'Ari...

Basta.

Cette femme, qu'importe son identité, l'avait ridiculisé. Elle méritait d'être punie pour cela. Et pour le désir inopportun qu'elle lui inspirait.

Il s'avança à sa rencontre.

— Princesse Laia. Merci de vous joindre à moi.

Maddi sursauta et fit volte-face. Le roi était à tomber à la renverse en pantalon noir et chemise blanche ouverte au col. Elle faillit reculer. Pas parce qu'il l'intimidait, mais à cause de l'émoi qu'il provoquait en elle. Son cœur battait la chamade.

— Votre Majesté.

Était-elle censée faire la révérence ? Il était un peu tard pour s'inquiéter du protocole.

Il lui indiqua la pièce d'où il venait.

— Par ici, je vous prie.

Elle le dépassa, consciente de sa présence juste derrière elle. La pièce en question était spacieuse, avec une vue splendide sur la mer. Les portes-fenêtres ouvertes laissaient entrer une brise légère saturée d'iode, mâtinée d'un parfum de fleurs sauvages. La décoration y était étonnamment sobre pour un appartement royal, presque minimaliste. Quelques meubles choisis avec soin. Des toiles abstraites aux murs. Cette simplicité sans prétention plut à Maddi.

— Abandonnons les formalités, si vous le voulez bien. Appelez-moi Aristedes.

Elle retrouva tant bien que mal sa voix.

— Soit... Aristedes.

Prononcer son nom avait quelque chose d'incroyablement intime. Elle en avait le vertige.

— Que voulez-vous boire ?

Il s'approcha du bar de sa démarche féline. Et Laia qui le trouvait guindé… Ennuyeux, même. Cet homme exsudait une énergie vitale qui mettait son sang en ébullition !

Il la fixait, dans l'expectative. Maddi avait la tête complètement vide. Il avait le don de court-circuiter ses fonctions mentales. *Bon sang, ressaisis-toi !* Que choisirait Laia dans cette situation ? Pour sa part, elle ne serait pas contre un petit remontant.

— Et vous, que prenez-vous ?

Sa question parut le surprendre.

— Un whisky.

— Alors moi aussi, répondit-elle impétueusement.

Il lui apporta un verre rempli au quart d'un riche alcool ambré. Maddi le porta à son nez et huma avec appréciation.

— Scotch ?

Il haussa un sourcil.

— Comment avez-vous su ?

— Mon…

Elle s'interrompit de justesse. Elle avait failli dire que son beau-père était un aficionado.

— Je m'intéresse au whisky depuis un voyage que j'ai fait en Écosse, se reprit-elle en priant pour que Laia y soit bien allée.

— Ah, oui. Avec votre père, n'est-ce pas ?

Elle émit un « mmh » évasif et avala une gorgée. Avec un peu de chance, il en resterait là.

L'alcool lui brûla la gorge et la réchauffa de l'intérieur. Dehors, le soleil commençait à sombrer à l'horizon, peignant le ciel en rose et or. Maddi s'approcha de la porte-fenêtre, émerveillée. Le balcon au-delà donnait sur une falaise se précipitant dans la mer où venaient s'écraser les vagues.

— Je ne me lasserai jamais de cette vue, dit-elle avec une émotion sincère.

Les couchers de soleil à Isla'Rosa étaient tout aussi magnifiques.

— Mais vous voulez aussi explorer le vaste monde, n'est-ce

pas ? remarqua Aristedes. Vous n'avez guère passé de temps sur Isla'Rosa depuis la mort de votre père.

Maddi se raidit. Pour sa part, elle était plutôt casanière. Laia, elle, avait la bougeotte et un goût du voyage qui ne se limitait pas à sa volonté de fuir Aristedes.

Elle haussa les épaules sans le regarder.

— Je suis jeune. Je savais que je ne disposais que d'un certain temps pour voyager avant que mon devoir ne restreigne ma liberté.

Un bruit derrière elle la fit se retourner. Un majordome venait d'apparaître sur le seuil.

— Le dîner est servi, Votre Majesté, annonça-t-il en s'inclinant.

— Merci, Felipe.

Aristedes s'écarta pour la laisser passer devant. Maddi suivit le majordome, soulagée de cette interruption. Elle n'aurait su comment réagir s'il avait donné libre cours à son mécontentement d'avoir dû pourchasser son insaisissable fiancée aux quatre coins de la planète.

Felipe les conduisit à une salle à manger privée, décorée dans un style rococo plus ostentatoire. L'argenterie et les verres en cristal étincelaient sur la nappe d'un blanc immaculé. Là aussi, la porte-fenêtre était ouverte sur un balcon, et la même brise odorante embaumait la pièce.

Ils s'installèrent à table. Maddi posa sa pochette à côté de son assiette. À la dernière seconde, elle avait quand même décidé de prendre son portable avec elle. Le roi déplia sa serviette et l'étala sur ses genoux. Ses yeux de jais brillaient d'un éclat étrange. Maddi frissonna. *Il sait*, songea-t-elle. Elle s'admonesta aussitôt. Simple illusion d'optique.

— Cette salle à manger a un style très différent du reste, observa-t-elle. Y a-t-il une raison ?

Une ombre traversa le visage d'Aristedes. Ou l'avait-elle imaginé, cela aussi ?

— J'ai fait intégralement redécorer le palais après la mort de mon père, répondit-il.

Elle s'abstint de demander quand. Laia était censée le savoir.

— J'aime beaucoup le résultat. Très élégant. Mais cette pièce est tellement à part…

Ce n'était rien de le dire. Un coup d'œil au plafond révélait une fresque où chérubins et femmes plantureuses se côtoyaient parmi les nuages.

— C'était la préférée de ma mère. Je n'ai pas eu le cœur de la changer.

— Étiez-vous proches ? demanda-t-elle.

Le visage du roi se ferma.

— Plus ou moins.

Après cette réponse laconique, le majordome réapparut avec les entrées, secondé par plusieurs domestiques. Maddi se délecta de la salade de poires aux noix saupoudrée de parmesan, accompagnée d'un vin blanc pétillant.

— C'était délicieux, dit-elle en posant sa fourchette.

— Tous les produits sont cultivés localement, l'informa Aristedes.

— Comme sur Isla'Rosa, répliqua-t-elle.

Son plus grand plaisir était d'aller au marché le week-end acheter des ingrédients frais. Depuis peu, elle apprenait à Laia à cuisiner. Son cœur se serra à la pensée de sa sœur. Où était-elle ? Bien cachée et en sécurité, espérait-elle. Elle n'avait toujours pas reçu de réponse à son message.

Aristedes porta un toast.

— À notre prospérité commune.

Était-ce une impression, ou y avait-il une note moqueuse dans sa voix ? Décidément, elle était complètement paranoïaque ce soir.

Les domestiques débarrassèrent leurs assiettes, puis revinrent avec le plat principal : un pot-au-feu qui sentait divinement bon.

— Vous avez bon appétit, remarqua le roi.

Maddi rougit. Son estomac sans fond était un sujet de plaisanterie récurrent entre elle et sa sœur.

— J'aime la bonne chère, dit-elle, sur la défensive.

Elle savait qu'elle était loin de se comporter en princesse raffinée.

Tout ce qui l'intéressait était de savoir comment le chef s'y était pris pour rendre le bœuf si tendre et pour si bien faire ressortir les saveurs. L'avait-il fait mariner ?

— Adolescente, vous étiez végétarienne. Une simple phase ?

La panique s'empara d'elle. Quand avait-elle vu Laia manger de la viande pour la dernière fois ? Elle se relaxa. Pas plus tard que la semaine précédente. Sa sœur avait mangé un hamburger. Enfin, la moitié, et Maddi l'avait terminé.

— Oui, une simple phase, confirma-t-elle en portant son verre à ses lèvres.

— Avez-vous toujours eu les dents du bonheur ? Je n'avais jamais fait attention...

Maddi manqua de recracher son vin. Par miracle, elle parvint à l'avaler sans s'étouffer. Effectivement, c'était une de ses particularités physiques. L'écart était peu prononcé, mais assez pour se remarquer. Elle décida d'y aller au culot.

— Vraiment ? Peut-être parce que nous n'avons jamais été très proches.

Aristedes secoua la tête, les yeux rivés à sa bouche. Une onde brûlante la traversa.

— Non, je m'en serais souvenu. C'est un détail qui ne passe pas inaperçu.

— Alors peut-être mes dents sont-elles en train de s'écarter, suggéra-t-elle.

— Dans ce cas, vous devriez consulter le dentiste du palais.

Maddi arrivait à court d'arguments.

— Inutile. Les dents bougent sans arrêt. Quand je portais un appareil...

— Je ne vous ai jamais vue avec un appareil.

Il sait. Et il te met à l'épreuve. Le soupçon se logea dans sa tête et la rendit encore plus incisive.

— Je ne venais pas ici très souvent. J'en ai eu un, quand j'étais adolescente.

Laia lui avait confié qu'elle essayait toujours de se défiler quand son père se rendait à Santanger.

— Eh bien, j'aurais dû faire plus attention.

Il avait dit cela d'un ton parfaitement neutre. Mais Maddi restait méfiante. C'était sa façon de la regarder... Comme un chat jouant avec sa proie. Une tension insidieuse alourdissait l'atmosphère.

Les domestiques rompirent le malaise en venant débarrasser la table.

— La princesse souhaite-t-elle un dessert ou juste un café ? s'enquit Felipe.

— Pourquoi pas un digestif ? suggéra le roi.

Maddi regarda son verre vide. Le vin, après le whisky, commençait à lui monter à la tête. Un dessert était tentant. Mais elle ne voulait pas passer encore plus pour un ogre. Et puis, Laia était moins portée qu'elle sur le sucré.

Elle sourit au majordome.

— Juste un café, merci.

— Moi aussi. Merci, Felipe.

Elle se retrouva de nouveau seule avec Aristedes. Pénétrée par son regard perçant. Elle se leva et sortit sur le balcon. La falaise à pic et les eaux écumeuses en contrebas ne firent rien pour l'apaiser. Sa paranoïa la reprit. Aristedes l'avait-il amenée ici à dessein ? Allait-il dénoncer son imposture et la précipiter du haut des rochers en guise de châtiment ?

Felipe revint avec le café et des biscuits. Maddi se rassit à table. Elle tenta d'oublier la tension dans l'air en versant du lait dans son café, puis une généreuse cuillerée de sucre.

— Bec sucré ?

Zut. Elle renonça à la seconde cuillerée.

— À l'occasion. Mais pas en règle générale.

Il continua comme si de rien n'était.

— Je suis heureux que vous soyez enfin là. Nous avons attendu ce moment toute notre vie.

Laia, oui. Maddi, jusque très récemment, vivait une vie tout à fait ordinaire. Enfin, à part le fait qu'elle n'avait jamais eu de petit ami. Ou de *sex friend*. Ou même d'amant d'un soir. Tous les garçons qu'elle avait rencontrés étaient puérils et inintéressants. Aucun ne lui avait jamais fait le moindre effet. Jusqu'à ce qu'elle voie Aristedes surgir dans le désert dans son ridicule costume trois pièces. Maddi maudissait ses hormones de s'emballer pour la pire personne possible. Pourquoi fallait-il que son premier béguin tombe sur lui ?

Elle s'efforça de reprendre le fil.

— Hum, oui, toute notre vie.

— Plus que quelques semaines avant que vous ne deveniez reine de Santanger...

— Et vous, roi d'Isla'Rosa, ajouta-t-elle.

Il hocha la tête.

— C'est ce que prévoit l'accord.

La curiosité de Maddi l'emporta.

— Cela ne vous dérange vraiment pas de vous marier uniquement pour affaires ?

— Et pour assurer la succession royale, corrigea-t-il. Nous aurons des enfants, Laia.

Une vive chaleur se répandit entre ses cuisses. Qui disait enfants disait conception... Elle serra les jambes sous la table. Elle n'était pas là pour faire quoi que ce soit avec cet homme !

— Sans oublier le fait de garantir la paix et la croissance économique d'Isla'Rosa, poursuivit-il. Vous avez tout à y gagner.

— Au prix de mon autonomie et celle de mon pays.

Maddi savait que c'était ce que Laia aurait répondu.

— Vous et moi n'avons aucune autonomie. Seulement des responsabilités envers notre peuple, décréta Aristedes.

Maddi se pencha vers lui.

— Mais n'aspirez-vous pas au bonheur ? Sans être une romantique, je crois qu'un mariage a plus de chance de succès s'il se fonde sur une certaine entente et...

Il arqua un sourcil.

— Et ?

Maddi se sentit rougir.

— Une attirance mutuelle...

— Alors nous sommes bien partis.

Elle recula brusquement la tête.

— V... vraiment ?

Aristedes se leva de table et lui offrit sa main. Maddi l'accepta avec un frisson d'anticipation. Elle était dépassée par la tournure des événements. Seuls quelques centimètres les séparaient, à présent. Impossible d'échapper à son regard pénétrant. Un feu flambait dans ses yeux noirs. Elle aussi brûlait de l'intérieur. L'air lui manquait. Il approcha la main de Maddi de ses lèvres, si près que son souffle tiède caressait sa peau. Ses seins étaient lourds et une fièvre inconnue enflait entre ses reins. Elle avait... envie de lui ? La bouche d'Ari était à se damner, ferme et sculptée, sur le point d'effleurer le dos de sa main...

Mais elle n'en fit rien. Les mots qui en jaillirent la prirent au dépourvu :

— Combien de temps encore allez-vous jouer la comédie ?

Son sang se glaça dans ses veines. Peut-être avait-elle mal entendu ?

— P... pardon ?

— L'attirance est bien réelle. Ce serait un avantage si vous étiez effectivement ma fiancée, la princesse Laia. Mais nous savons tous les deux que ce n'est pas le cas.

Alors il était au courant. Depuis combien de temps ? Depuis le vol ? Le cerveau de Maddi tournait à cent à l'heure. Elle tenta de dégager sa main, mais la poigne du roi se resserra.

— Qui êtes-vous ? gronda-t-il.

Maddi cherchait désespérément à gagner du temps.

— Quand avez-vous compris ?

Il la dévisagea en silence, puis la lâcha et s'approcha de la porte-fenêtre. Inexplicablement, Maddi le vécut comme un rejet. C'était absurde ! Elle pressa la main sur sa poitrine. Aristedes fronça les sourcils.

— Vous ai-je fait mal ?

— N... non, pas du tout, bredouilla-t-elle.

Au contraire. Mais elle n'allait pas lui dire cela.

Il croisa les bras sur son torse, et ses pectoraux saillirent sous sa chemise. *Seigneur.*

— Qui êtes-vous ? répéta-t-il.

Maddi déglutit.

— La dame de compagnie de la princesse Laia.

— Comment vous appelez-vous ?

— Maddi Smith.

— Vous vous ressemblez beaucoup.

Elle se creusa les méninges. Pas question d'avouer qu'elle était la demi-sœur de Laia. Il s'en servirait pour faire sortir cette dernière de sa cachette.

— Il paraît qu'on a tous un sosie dans le monde. Nous étions sous le choc quand nous sommes tombées l'une sur l'autre. Ma mère était d'Isla'Rosa.

Pas besoin d'en dire plus.

— Avez-vous grandi là-bas ?

— Non. En Irlande.

Elle tenta une diversion pour se dérober à l'interrogatoire.

— Quand avez-vous compris ?

— C'est moi qui pose les questions, pas vous.

Elle se mordit la lèvre et vit son regard glisser vers sa bouche. L'air grésilla d'électricité.

Il releva les yeux.

— Je vous ai vue avec le chien. La princesse Laia en a une peur bleue à cause de son père.

C'était donc cela. Un jour où elles se promenaient toutes les deux, Maddi s'était arrêtée pour caresser un chien, sans s'apercevoir tout de suite que Laia s'était figée derrière elle. Laia lui avait expliqué comment son père avait été mordu enfant et lui avait transmis sa phobie des chiens. Phobie que, malgré ses efforts, elle n'avait jamais réussi à surmonter.

— Et maintenant ? Que va-t-il se passer ? demanda-t-elle.

Aristedes la toisa avec dureté.

— Ce qui va se passer ? C'est simple. Vous allez me dire où se trouve la princesse.

Maddi secoua la tête.

— Je l'ignore.

Le roi pinça les lèvres.

— Comme si j'allais croire cela...

Maddi se sentait presque désolée pour lui.

— C'est la vérité. Je ne sais vraiment pas. Tout ce que j'ai fait, c'est lui donner une chance de fuir.

— Fuir la vie à laquelle elle est destinée ? Une vie de privilèges ?

— Elle veut plus que cela. Elle veut être reine de son propre pays.

— Elle le sera ! s'emporta Aristedes avec un geste de frustration.

— Seulement s'il devient un État assujetti au vôtre, objecta Maddi. Même avec la meilleure volonté du monde, vous ne pouvez garantir que cela n'arrivera pas. Elle ne veut pas être reine de Santanger.

— Je crains qu'elle n'ait pas le choix. Où est-elle ?

Maddi commençait à perdre patience.

— Je vous l'ai dit. Je ne sais pas...

Son téléphone bipa à cet instant. Dans sa pochette. Sur la table. Une sueur froide perla entre ses omoplates. Elle le sortit à contrecœur. Sans déverrouiller l'écran, seul le début du message était visible :

Mads, tout va bien. Je suis en sécurité à...

Elle leva la tête. Aristedes se tenait devant elle, main tendue.

— C'est Laia, n'est-ce pas ? Donnez-moi le téléphone.

Plutôt mourir. Maddi recula vers la porte-fenêtre, son portable serré contre sa poitrine. Aristedes avança vers elle, la main toujours tendue. Son ton se fit menaçant.

— Maddi... Le téléphone.

La brise marine balayait ses cheveux dans son dos. Sans réfléchir, elle pivota sur ses talons et jeta son portable de toutes ses forces par-dessus le balcon. De cette hauteur, il s'écraserait en mille morceaux sur les rochers. À moins qu'elle ne l'ait lancé assez loin pour qu'il finisse au fond de l'eau ?

4

Ari arpentait furieusement la salle à manger. Il fulminait, fou de rage. Mais le plus alarmant était ce désir persistant dans ses veines. Impossible d'effacer de son esprit l'image de Laia… Maddi… lui faisant face en se mordant la lèvre. Malgré sa tromperie, il n'avait eu qu'une envie, embrasser cette bouche traîtresse jusqu'à sentir la jeune femme succomber dans ses bras et…

Mierda.

Jamais ses hormones ne lui avaient autant donné de fil à retordre. Et il fallait que cela arrive maintenant ! Alors qu'il avait plus que jamais besoin de garder les idées claires. Maddi avait été escortée jusqu'à sa suite, et un garde avait été posté devant sa porte. Il ne pouvait prendre le risque qu'elle disparaisse. Elle était son seul lien avec la princesse Laia. Dire qu'elle était allée jusqu'à jeter son portable à la mer ! Mais les deux femmes trouveraient bien un autre moyen de communiquer. À lui de savoir quand et comment.

Ari quitta la salle à manger et gagna son bureau. Devait-il prévenir son conseiller ? Non, lui seul était au courant pour l'instant. Un scandale était la dernière chose dont il avait besoin si l'histoire venait à fuiter dans les tabloïds. Il avait confié à Dax la mission de retrouver Laia. Il avait toute confiance en son frère. Il la localiserait et la ramènerait à Santanger. En attendant…

Tout le monde pensait que la princesse était au palais en vue de leur union prochaine. Alors pourquoi ne pas en profiter ? Bien sûr, il devrait ralentir les préparatifs du mariage lancés dès qu'il avait trouvé Laia… Maddi. Mais il n'aurait qu'à prétendre vouloir prolonger leurs fiançailles. Après tout, Laia et lui n'avaient passé que très peu de temps ensemble. En outre, la date de la cérémonie n'avait pas été rendue publique, afin d'éviter tout risque de manifestations d'éventuels opposants. Il ne lui restait plus qu'à prendre son mal en patience.

Lorsque Laia serait là, une sérieuse discussion s'imposerait. Dommage qu'il ne puisse pas simplement échanger la fausse princesse contre la vraie… La répugnance de Laia à l'épouser était un problème. Le mariage allait devoir être temporairement suspendu. Mais pas annulé. Pas tant que Maddi serait là pour jouer le rôle de la princesse. Personne ne se douterait de rien.

L'attitude de Laia le mettait hors de lui. Elle et lui n'avaient pas le luxe d'esquiver leur devoir. Leur mariage était indispensable afin d'asseoir la puissance de Santanger et créer une nouvelle dynastie royale. Le fait qu'il assure une paix durable entre les deux royaumes était un bonus non négligeable. Dans un monde incertain, les gens avaient besoin de garanties et de stabilité. Leur union neutraliserait une bonne fois pour toutes les dissensions du passé. Il était temps de tourner la page et d'entrer dans une nouvelle ère, plus harmonieuse.

Ari n'avait jamais envisagé un mariage d'amour. Il avait vu ce que l'amour avait fait à sa mère, devenue de plus en plus aigrie à mesure qu'elle s'enfonçait dans une lente spirale autodestructrice. Pendant ce temps, son père, insensible à la détresse de sa femme, multipliait les aventures sous son nez, jusque dans leurs appartements privés.

Les mots de Maddi lui revinrent…

« Mais n'aspirez-vous pas au bonheur ? Un mariage a plus de chance de succès s'il se fonde sur une certaine entente. »

Ari était d'accord. Il savait ce qu'il attendait de son mariage avec la princesse Laia : respect mutuel, intégrité et… oui, idéalement, une bonne entente. De là naîtraient une union stable et un foyer sain pour leurs futurs héritiers, à mille lieues du mélodrame qu'avait été le mariage de ses parents.

Quant au bonheur... Ari ne courait pas après. Il n'en avait pas besoin. Sa satisfaction, il la trouverait dans le respect du pacte tel qu'il avait été méticuleusement planifié. Et dans l'immédiat, il était tout sauf satisfait.

Il revit Maddi sur le balcon, le menton levé dans une posture de défi après avoir jeté son téléphone. Une reine guerrière dans toute sa splendeur, fière et indomptable. *Et terriblement sexy.* Il chassa cette image. Il reprendrait le contrôle de la situation – et de ses hormones. Elle ne s'en tirerait pas à si bon compte après un tel affront.

Il avait un appel à passer, à la seule personne – hormis son frère – à avoir sa confiance absolue. Un vieil ami à la tête d'une entreprise de sécurité assurant la protection des personnalités les plus influentes du monde. Après les politesses d'usage, Ari entra dans le vif du sujet.

— Si je te donne un nom, peux-tu enquêter sans poser de question ?

— Bien sûr. C'est comme si c'était fait.

— Merci.

Il lui communiqua le nom de Maddi Smith et raccrocha. S'il y avait quoi que ce soit d'intéressant à savoir sur elle, Antonio Chatsfield le trouverait à coup sûr.

Le lendemain matin

— Vous êtes mon invitée jusqu'à l'arrivée de Laia. Ce n'est qu'une question de jours. Quelqu'un est en route pour la ramener.

— Qui ?

Maddi avait mal dormi. Pas seulement parce qu'Aristedes l'avait démasquée. Son sommeil avait été entrecoupé de rêves troublants où le roi, pour la punir de sa transgression, la plaquait contre son corps viril et l'embrassait passionnément jusqu'à ce qu'elle défaille.

Hannah l'avait réveillée tôt et informée que le roi se joindrait à elle pour le petit déjeuner dans sa suite. La table était déjà mise dans le salon. Contre toute attente, Aristedes semblait d'humeur enjouée ce matin. Cela ne disait rien qui vaille à Maddi.

— Qui quoi ? demanda-t-il en détachant un grain de raisin qu'il aspira dans sa bouche.

Maddi était presque jalouse de ce grain de raisin. Aristedes portait une chemise bleu clair et un pantalon noir, aujourd'hui. Son menton était rasé de frais, ses cheveux coiffés en arrière, dégageant son visage. Il était vraiment très séduisant.

— Maddi ?

Elle s'ébroua mentalement. Bon sang, qu'est-ce qui lui arrivait ?

— Qui avez-vous envoyé chercher Laia ? clarifia-t-elle.

— Mon frère, le prince Dax.

Maddi cilla. Le célèbre prince play-boy Dax de Valle y Montero ? S'il y avait une personne que Laia appréciait encore moins qu'Aristedes... Non, ce n'était pas qu'elle n'appréciait pas ce dernier. Elle n'avait simplement aucune envie de l'épouser et le trouvait beaucoup trop guindé. Son frère, en revanche... Maddi s'était étonnée du mépris que lui vouait Laia. À chaque nouvelle photo de lui en charmante compagnie dans les tabloïds, sur son yacht ou à la sortie d'un club, elle fustigeait son irresponsabilité et sa légèreté vis-à-vis de son devoir. Un comble, puisque Laia était perçue de la même façon. En réalité, ils étaient le jour et la nuit. Le pauvre... Peut-être valait-il mieux pour Dax qu'il ne la trouve pas.

— Oui ? Avez-vous quelque chose à dire ?

Aristedes avait dû remarquer sa réaction. Elle secoua la tête d'un air innocent.

— Non, rien du tout.

Elle mordit dans un croissant. Quand perdrait-elle l'habitude de dire tout ce qui lui passait par la tête ? C'était un miracle que la supercherie ait tenu aussi longtemps.

— Et si je ne veux pas être votre invitée ? questionna-t-elle après avoir fini sa viennoiserie.

— J'insiste.

— Vous voulez dire que je suis prisonnière ?

Il roula des yeux.

— Qu'allez-vous inventer... Non, rien de tel. Mais puisque vous vous êtes délibérément substituée à Laia, j'accepte l'offre.

— Quelle offre ?

— Celle de vous faire passer pour elle. Tout le monde ici pense que vous êtes la princesse. Cela doit continuer jusqu'à ce qu'elle reprenne sa place.

Ces mots la refroidirent. Elle n'avait pas vraiment réfléchi à ce qui se passerait une fois qu'elle serait découverte.

— Vous ne pouvez pas me garder ici contre mon gré.

— Oh ! vous resterez de vous-même, assura-t-il. Vous ferez ce qui est le mieux pour Laia et Isla'Rosa.

— C'est-à-dire ?

— Je pourrais vous dénoncer. Vous imaginez les gros titres sur la princesse ? Elle serait contrainte de réapparaître pour s'expliquer. Mais le scandale m'éclabousserait aussi. Or je n'aime pas spécialement voir mon nom faire la une des médias.

En effet. Contrairement à son frère, Aristedes, depuis qu'il était roi, affichait une conduite irréprochable. Ses maîtresses étaient issues de cercles respectables et il rompait avec elles avant que la liaison ne devienne trop sérieuse. Jamais il n'avait mis en péril son futur mariage arrangé avec Laia. Mais il ne vivait pas non plus comme un moine. Lui aussi avait acquis une réputation d'amant hors pair, quoique moins sulfureuse que celle de son frère, dont les partenaires aimaient raconter les prouesses avec force détails.

— Personne ne doit être au courant, poursuivit-il. Vous continuerez donc à donner le change en m'accompagnant à tous les événements auxquels ma fiancée est censée assister.

— Mais...

Maddi peinait à suivre. Tout allait beaucoup trop vite !

— Et si quelqu'un s'aperçoit que je ne suis pas la princesse ? protesta-t-elle.

— Personne ne remarquera les petites différences. Vous m'avez bien dupé, moi. Vous vous ressemblez vraiment comme deux gouttes d'eau.

— De vrais sosies, marmonna-t-elle.

— Dans quelques jours, Laia sera là et nous pourrons tous reprendre notre vie normale.

Son flegme imperturbable agaçait Maddi. Ou était-ce la perspective d'être écartée à la seconde où Laia réapparaîtrait malgré cette... électricité entre eux ?

— Vous semblez certain que tout se passera comme vous l'avez décidé...

— C'est généralement le cas.

L'agacement de Maddi redoubla.

— Qu'est-ce qui m'empêche de faire éclater la vérité sur vos petites manigances ?

Il la couva d'un regard sardonique.

— Voulez-vous vraiment que la princesse fasse l'objet de spéculations graveleuses sur sa petite escapade ? Dans quelques semaines, elle deviendra reine. Après un tel scandale, croyez-vous que son peuple aura encore confiance en sa compétence à gouverner le pays ?

Maddi garda le silence. Il marquait un point. Le Conseil connaissait le sérieux de Laia et son dévouement à son devoir, malgré sa vie sociale débridée. Le peuple était profondément attaché à sa princesse héritière. Mais une mauvaise presse si proche du couronnement pourrait lui être défavorable.

— Sans oublier l'accord de paix, ajouta-t-il. Dois-je vous rappeler ce qui est en jeu si le mariage tombe à l'eau ?

Maddi serra les dents.

— Il y a d'autres options...

— Aucune qui vaille un mariage dynastique à même de garantir une paix durable aux générations futures. Pour être honnête, que Laia soit couronnée avant ou après n'a pas d'importance. Mais le mariage doit avoir lieu.

Sa détermination la démoralisa. Il semblait avoir accepté la possibilité que Laia devienne reine d'Isla'Rosa avant leur union. Mais sa position n'avait pas changé : elle devait l'épouser. Il ignorait qu'elle avait d'autres plans. Maddi redoutait son pouvoir de persuasion. Laia pourrait bien se retrouver acculée au point de croire que le mariage était la seule solution. Et s'il refusait de discuter des accords de paix tant qu'ils ne seraient pas mari et femme ? Les enjeux seraient d'autant plus cruciaux pour Laia en tant que reine.

Alors leur stratagème n'aurait servi à rien ? Comme elle aurait voulu pouvoir prévenir sa sœur ! Hélas, elle n'avait plus aucun moyen de la contacter après avoir jeté son téléphone. Quant à Aristedes, si elle l'informait des projets de paix alternatifs de Laia, il trouverait le moyen de les contrecarrer. Elle devait donc plus que jamais protéger sa sœur et l'aider à rester cachée jusqu'à son anniversaire. Laia était intelligente. Elle avait sûrement anticipé tout cela et savait ce qu'elle faisait.

— Entendu. Je jouerai le rôle de Laia jusqu'à ce qu'elle soit retrouvée.

Elle croisa les doigts sous la table en disant cela. Le roi serra la mâchoire.

— La table est en verre, Maddi.

Flûte. Elle n'avait pas fait attention. Elle s'empourpra jusqu'au front.

— Ce que je veux dire, c'est que je ferai ce qu'il faut dans son intérêt.

— Ne vous inquiétez pas, dit Aristedes. J'ai toute confiance en mon frère. Il ne m'a jamais déçu.

Un play-boy qui passait son temps à faire la fête ? Maddi s'abstint de tout commentaire.

— Et maintenant ? s'enquit-elle.

Aristedes l'étudia d'un œil critique. Elle avait enfilé à la va-vite un jean et un chemisier, toujours sans soutien-gorge. Ses seins, à l'étroit, tendaient le coton léger. À son grand dam, elle sentit leur pointe se durcir sous le regard soutenu du roi.

— J'ai suspendu les préparatifs du mariage pour l'instant, répondit-il. Le personnel pense que nous prenons plaisir à prolonger nos fiançailles. L'essayage de la robe de mariée vous sera donc épargné. Mais un styliste se chargera de vous fournir une garde-robe plus... convenable. Puis vous découvrirez le programme des événements destinés à présenter sa future reine au peuple de Santanger.

Le cœur de Maddi s'était emballé. Elle, dans une robe de mariée ? Elle chassa vivement cette image.

— Un programme ? répéta-t-elle.

— Oui. Nous avons un emploi du temps chargé. Vous allez devoir suivre un cours accéléré sur l'histoire de Santanger, ainsi que des leçons d'étiquette. Laia n'en aurait pas eu besoin. Vous, en revanche, avez du pain sur la planche.

L'estomac de Maddi se noua. Elle n'avait pas prévu que les choses aillent aussi loin. Dans quel guêpier s'était-elle fourrée ? Prête ou non, elle allait devoir faire le grand saut et assumer son rôle de princesse. Trop tard pour reculer, désormais.

Maddi avait la tête en chou-fleur. Son cerveau allait exploser à force d'ingurgiter autant d'informations. Son corps l'élançait de partout. Depuis deux jours, c'était un marathon sans fin : exercices de maintien, soins, épilation, maquillage, coiffure... On la triturait de tous côtés pour transformer le crapaud en princesse.

Sa garde-robe avait été entièrement remaniée, commandée sur mesure pour elle. Les soutiens-gorge vaporeux avaient disparu, remplacés par d'autres offrant un meilleur maintien, mais tout aussi affriolants. C'était un soulagement de se sentir un peu moins... nue.

Sa leçon d'étiquette terminée, elle s'apprêtait à déjeuner avec le roi. Après deux jours sans aucun contact, elle avait des papillons dans le ventre. Ridicule. Une vraie adolescente. Pour l'occasion, elle avait choisi une robe droite sans manches couleur caramel lui arrivant au genou, avec une discrète fente sur le côté, et des escarpins assortis. Une tenue tout à fait sage. Maddi avait l'impression d'aller à un entretien d'embauche ! Ses cheveux étaient noués en une queue-de-cheval basse. Un coiffeur avait restructuré sa coupe afin de désépaissir et dompter sa crinière. Dans un accès de rébellion, elle les détacha et les laissa cascader librement sur ses épaules.

Un coup retentit à la porte.

— Princesse Laia ? Le roi vous attend, l'informa Hannah.

Maddi suivit la jeune femme, son guide dans ce dédale de couloirs, culs-de-sac et escaliers en spirale s'enfonçant Dieu sait où... Des oubliettes pour les imposteurs ? Perdue dans ses pensées, elle faillit percuter Hannah lorsque celle-ci s'arrêta devant une porte, différente de la fois précédente, mais elle aussi barrée par deux gardes. L'un d'eux entra, annonça Maddi, puis s'écarta pour la laisser passer.

La pièce ressemblait à un hall de réception, étonnamment moderne, avec une porte à gauche entrouverte sur une salle où s'affairaient des employés. Quelques-uns lui glissèrent des regards curieux. Une autre porte à droite s'ouvrit et Aristedes apparut, toujours aussi imposant. Maddi lui trouva l'air soucieux.

— Princesse Laia, entrez.

Son odeur masculine lui tourna la tête lorsqu'elle passa devant lui. Le bureau était immense, doté d'un coin salon où une télévision diffusait les informations avec le son coupé. Des étagères remplies de livres occupaient tout un mur, face à de larges fenêtres donnant sur la mer et la ville. Aristedes indiqua la table dressée pour le déjeuner.

— Je vous en prie, asseyez-vous.

Elle s'installa, consciente de son regard ombrageux sur elle. *Allons bon.* Qu'avait-elle encore fait ?

— Quoi ? Ma tenue n'est pas assez appropriée ? Votre équipe a passé des heures à...

— Mon frère s'est évanoui dans la nature.

Maddi masqua au mieux son soulagement.

— Ah. Peut-être est-il parti faire la fête quelque part ?

L'expression d'Aristedes s'assombrit.

— Que voulez-vous insinuer ?

— Rien de spécial. Sa réputation parle d'elle-même, non ?

— Jamais il ne se laisse distraire quand je lui confie une mission.

Elle haussa les épaules.

— Si vous le dites. Vous le connaissez mieux que moi. Je ne l'ai jamais rencontré.

Le roi se mit à arpenter la pièce en marmonnant que cela ne ressemblait pas à Dax de disparaître sans donner signe de vie. Avait-il retrouvé la trace de Laia ? L'avait-elle neutralisé d'une manière ou d'une autre ? Maddi soupçonnait sa sœur d'y être pour quelque chose.

Aristedes aussi, à en croire son regard méfiant.

— Êtes-vous sûre de n'être au courant de rien ?

— Je n'ai plus de téléphone, rappela-t-elle. Donc plus de moyen de communication.

Il s'assit et déplia sa serviette d'un geste irrité. Maddi eut mauvaise conscience.

— Ne vous en faites pas. Je suis certaine qu'il va bien.

Aristedes hocha la tête.

— Je n'en doute pas. Dax vaut à lui seul tous mes gardes du corps.

Leur plat leur fut servi, une salade légère assaisonnée à la sauce piquante, accompagnée de pain frais. Maddi en avait l'eau à la bouche. Mais elle se retint de se jeter sur la nourriture. Même si elle n'avait pas mangé grand-chose ces deux derniers jours, entre ses cours d'étiquette et ses soins de beauté interminables.

— Êtes-vous proches, votre frère et vous ? questionna-t-elle.

Aristedes hésita avant de répondre :

— Oui, très proches. Nous n'avions personne d'autre.

— Ce doit être amusant de grandir dans un château. Les parties de cache-cache devaient durer des jours !

Le roi parut surpris, l'espace d'une seconde.

— C'est vrai qu'on s'amusait… Mais quand on jouait à cache-cache, c'était pour échapper à la nourrice ou aux gardes du corps.

Maddi sourit. Elle les imaginait sans peine, deux diablotins donnant des cheveux blancs à tout leur entourage.

— Je parie que vous leur en faisiez voir de toutes les couleurs.

— Oui. Jusqu'à ce que je commence ma formation de futur roi.

— Quel âge aviez-vous ?

— Huit ans.

Elle ouvrit des yeux ronds.

— Si jeune ?

— C'est le lot de tout prince héritier, répondit Aristedes.

— Je n'ose imaginer ce que ce doit être...

Maddi avait eu une enfance insouciante, contrairement à lui ou à Laia. Ils avaient cela en commun. La jalousie lui aiguillonna le cœur.

— Et vous ? Avez-vous des frères et sœurs ? s'enquit-il.

— J'ai grandi seule à la maison, éluda-t-elle en fuyant son regard.

Ce qui était factuellement vrai. Avant qu'il puisse creuser, un domestique arriva avec le plat de résistance : bar à la sauce aux herbes sur lit de pommes de terre et petits légumes. Maddi se concentra sur son assiette pour éviter de faire la conversation.

— Vous avez bon appétit, nota Aristedes. Plus que Laia.

Elle s'essuya la bouche avec sa serviette, embarrassée malgré elle.

— Oui, j'aime manger, admit-elle. Et cuisiner aussi.

Il arqua un sourcil railleur.

— Imposteur *et* cuisinière ? Impressionnant.

Touchée. Mais elle l'avait bien cherché.

— D'autres talents cachés ? J'ai dans l'idée que vous ne manquez pas de cordes à votre arc.

Une autre pique déguisée en compliment. La gêne de Maddi s'accentua.

— Je ne suis pas allée à l'université. Je n'ai jamais été très douée pour les études. Après le lycée, j'ai été engagée dans un casino à Dublin.

Elle grimaça en disant cela.

— Comme croupière ?

— Non, comme serveuse.

Le plus pénible, c'était les mains baladeuses de certains clients. Surtout après quelques verres.

— Mais j'ai aussi travaillé dans des restaurants et comme nourrice, se hâta-t-elle d'ajouter. Je suis experte en cuisine pour les enfants. J'arrive même à leur faire aimer le brocoli.

Aristedes paraissait consterné. Laia, elle, était allée à l'université. Diplômée en économie et relations internationales, elle était parfaitement à l'aise dans un dîner mondain de cent personnes. Quelle meilleure candidate pour devenir sa reine ? Pas étonnant qu'Aristedes insiste autant pour l'épouser. Pour la première fois, Maddi se sentait inférieure, elle qui avait toujours été fière de sa capacité à s'adapter à toutes les situations malgré son manque de qualifications.

— Et vous ? Qu'avez-vous étudié ? questionna-t-elle, sur la défensive.

— Je ne suis pas allé à l'université.

— Ah bon ? Pour quelle raison ?

Peut-être était-il un génie précoce. Cela ne l'étonnerait pas.

— Pas le temps, répondit-il. Mon père est décédé quand j'avais dix-huit ans, et je suis devenu roi.

— Auriez-vous aimé y aller ?

— J'avais une place à Harvard. Cela m'aurait plu, oui.

Était-ce du regret dans sa voix ?

— Qu'alliez-vous suivre comme études ? demanda-t-elle en se radoucissant.

Un sourire voltigea sur ses lèvres.

— Des études d'ingénieur.

— Impressionnant.

— J'ai obtenu le diplôme. Mais par correspondance, depuis le palais.

— Ce n'est pas la même chose que vivre une vie insouciante d'étudiant sur le campus, observa Maddi.

— Non. Mais je n'ai jamais été destiné à une vie insouciante.

— Enviez-vous votre frère d'avoir eu cette chance et pas vous ?

Le roi fronça les sourcils.

— Non. Il a d'autres difficultés que je n'ai jamais eues à affronter.

Telles que ? voulut-elle demander. Mais un domestique apparut pour débarrasser la table et servir le café.

Maudite femme. Ses questions innocentes avaient fait rejaillir un flot de souvenirs. Un en particulier. Lui et Dax jouaient au loup. Ils étaient débraillés et couverts d'égratignures. Ari riait à en avoir mal au ventre. Soudain, il s'était senti tiré en arrière par le col de sa chemise. Le conseiller de son père le toisait avec sévérité.

— C'est l'heure de votre leçon. On vous a déjà dit que vous ne pouviez plus courir dans le palais. Un tel comportement ne sied pas à l'héritier de la Couronne.

Sa gaieté s'était aussitôt évanouie. Le pire était la déception sur le visage de Dax tandis qu'on le traînait vers la vieille salle de classe qui sentait le renfermé.

Il y avait plus traumatisant, comme souvenir. Mais ce jour avait sonné le glas de ses années de liberté. Les seules qu'il ait jamais connues, quand lui et son frère étaient constamment ensemble avant qu'on ne les sépare. C'était aussi l'époque où le mariage de ses parents s'était délité à la vue de tous. Peu après, on lui avait appris qu'une princesse était née dans le royaume voisin et qu'il l'épouserait un jour. Cette perspective l'avait terrifié après avoir vu sa mère si malheureuse. Il s'était alors juré, avec sa naïveté d'enfant, de ne jamais infliger le même sort à sa future reine. Ce n'est qu'en grandissant qu'il avait compris ce qu'impliquait cette promesse. Pas d'amour. Avec l'amour venaient le doute et la jalousie, qui conduisaient à la tragédie.

— Qu'y a-t-il ? Je pose trop de questions, c'est ça ?

La voix de Maddi le ramena au présent. Sa sollicitude le surprit et le dérouta. Que lui prenait-il de discuter de sujets personnels avec cette femme qui, complice de la princesse Laia, compromettait le pacte de mariage entre Santanger et Isla'Rosa ? Moins excentrique aujourd'hui, elle restait très séduisante. Plus qu'il ne l'avait jugé initialement. Ses traits étaient d'une beauté classique : nez droit, pommettes saillantes, menton délicat, et de grands yeux clairs frangés de cils interminables. Ses vêtements lui allaient, pour changer. La robe qu'elle portait soulignait ses courbes sans être provocante. Mais provocante, Maddi l'était, pour lui. Même avec des chaussures et un soutien-gorge.

Il secoua la tête.

— Non. Vous n'avez rien dit qu'on ne m'ait déjà demandé un million de fois.

La jeune femme haussa les épaules.

— D'accord.

Elle trempa un biscuit dans son café et le porta à ses lèvres sensuelles. Lorsqu'elle croqua dedans, il entrevit ses dents du bonheur qui lui donnaient ce petit plus si sexy. Tout en elle semblait conçu pour le rendre fou. Alors qu'elle glissait une mèche derrière son oreille, un reflet attira son attention.

— Qu'est-ce que c'est que cela ?

— Quoi donc ?

— Là, sur le haut de votre oreille ?

Elle l'effleura de l'index.

— Un piercing en diamant.

— Il va falloir l'enlever.

La jeune femme se décomposa.

— C'est un cadeau de quelqu'un qui compte beaucoup...

Une brusque tension lui tordit les entrailles.

— Un amant ?

— Non. Juste une amie.

Sa tension se relâcha.

— Peu importe, vous devez l'enlever. C'est trop extravagant.

Elle leva le menton avec défi.

— Peut-être une touche d'extravagance serait-elle la bienvenue ?

Ari serra la mâchoire. Personne ne lui parlait ainsi. L'insolence de Maddi l'exaspérait. Mais il devait admettre qu'elle avait quelque chose de rafraîchissant.

— Si vous étiez la princesse Laia, je serais ravi d'en débattre. Mais vous ne l'êtes pas. Nous avons un événement cet après-midi. Retirez ce piercing.

La jeune femme pâlit.

— Cet après-midi ? Quel événement ?

Il avait presque de la compassion pour elle. Presque.

— Une garden-party, ici, au palais. Vous allez être présentée à plusieurs membres du Parlement. Des gens très importants à Santanger. Soyez à la hauteur.

Maddi tourna nerveusement devant le miroir. Elle s'était habituée à s'habiller pour les grandes occasions en tant que dame de compagnie de Laia. Mais ce rôle la cantonnait à un style sobre destiné à passer inaperçu. Ce soir, elle serait le point de mire dans cette robe en satin bleu roi, mi-longue et sans manches, si légère qu'elle semblait flotter autour d'elle. Des talons hauts apportaient la touche finale. Ses cheveux étaient torsadés en un chignon élégant. Son maquillage, minimaliste mais efficace.

Les bijoux élevaient l'ensemble. Un collier de perles habillait son cou, complété d'un bracelet assorti. Le diamant à son oreille scintillait dans la lumière. Une part d'elle était tentée de le garder, juste pour voir la tête d'Aristedes. Mais ce n'était sans doute pas une bonne idée, aussi le retira-t-elle. C'était Laia qui le lui avait offert en remarquant ses différents piercings.

— J'ai toujours voulu en avoir aussi, mais cela m'est interdit, lui avait-elle expliqué. Porte-le pour moi. Ce sera comme un pied de nez par procuration.

Voilà pourquoi il comptait tant pour elle. Il était une moitié d'une paire de boucles appartenant à Laia.

Aristedes avait paru furieux lorsqu'il lui avait demandé de qui il venait. Étrange qu'il désapprouve à ce point un bijou somme toute assez conventionnel. Cela lui donnait envie de le provoquer et de le faire réagir. Lui qui était toujours si maître de lui-même... C'était jubilatoire de savoir qu'elle avait le pouvoir de lui faire perdre son sang-froid.

Mais pas assez pour lui faire oublier son stress. Elle n'était pas du tout prête à apparaître en public en tant que princesse. Même si elle n'était que la doublure de Laia. Au moins, elle pouvait toujours se cacher derrière son personnage.

— Princesse Laia ? Le roi vous attend.

Elle prit une grande inspiration. La soirée ne revêtait aucune importance pour elle personnellement. Mais, pour Laia, elle tenait à faire bonne impression.

Pour Laia, vraiment ? railla une petite voix dans sa tête.

Maddi suivit Hannah, les jambes en coton. D'accord, elle en pinçait peut-être pour le roi. Une simple attirance physique. Elle n'en restait pas moins loyale envers sa sœur. Comme Aristedes l'avait rappelé, elle n'était pas Laia. De fait, elle subissait la situation. Et continuerait aussi longtemps qu'il le faudrait pour que Laia retrouve sa liberté.

5

— C'est pour vous.

Maddi fixait un regard interrogateur sur l'écrin dans la main du roi. Aristedes soupira d'impatience et l'ouvrit à sa place, révélant une bague. Et quelle bague ! Un magnifique diamant entouré d'émeraudes, serti sur un anneau en or, avec d'autres diamants formant un V de chaque côté de la pierre centrale. Une bague unique, et visiblement ancienne. Maddi était bouche bée.

— De quand date-t-elle ? ne put-elle s'empêcher de demander.

— Elle se transmet dans ma famille depuis des générations.

— Je ne peux pas accepter, protesta-t-elle. Et si je la perdais ?

— Vous devez la porter. Les gens se poseront des questions s'ils ne la voient pas à votre doigt.

Il posa l'écrin et prit sa main. Maddi faillit la retirer comme si elle s'était brûlée. Tout cela devenait un peu trop… réel.

La bague lui allait à la perfection. À croire que c'était écrit, et que ni elle ni Laia ne pouvaient échapper à leur destin. Maddi frissonna.

— Avez-vous froid ? demanda Aristedes.

Elle secoua la tête.

— Non…

— Bien. Allons-y.

Ari observait Maddi, les sens en alerte. Elle était parfaite. Une vraie princesse, avenante et sophistiquée. Mais une certaine énergie émanait d'elle… Électrique et imprévisible. Et s'il lui prenait l'idée de faire quelque chose qui compromette le pacte de mariage ? Il croyait pourtant l'avoir convaincue que toute action inconsidérée de sa part nuirait à Laia et à Isla'Rosa. C'était pour cette raison, et uniquement cette raison, qu'il gardait une main sous son coude. Pour l'éloigner rapidement en cas de parole malheureuse. Mais très vite, il s'aperçut qu'elle tremblait. Elle était stressée, nota-t-il. Terrifiée, même. Elle avait l'air d'une biche prise dans les phares d'une voiture !

Il donna un ordre à son assistant. La file d'invités prêts à présenter leurs respects fut adroitement détournée afin de leur laisser un moment seul à seule.

— Quel est le problème ? demanda-t-il.

La jeune femme le fusilla du regard.

— Le problème ? Le problème, c'est que je n'ai jamais fait cela de ma vie ! Je ne devrais même pas être là !

La colère le rendit dur :

— Vous ne pouvez vous en prendre qu'à vous-même.

Mais il avait mauvaise conscience. Les soirées mondaines faisaient partie de son quotidien depuis ses dix-huit ans. Il pourrait y aller les yeux fermés. Une part de lui prenait un malin plaisir à voir Maddi en difficulté. Cependant, il n'avait rien à gagner à ce qu'elle apparaisse mal à l'aise devant leurs invités.

— Laissez-moi faire la conversation. Vous avez juste à sourire. Mais gardez la bouche fermée pour cacher vos dents.

Un éclair traversa ses yeux vert-noisette.

— Je m'étonne que vous ne m'ayez pas traînée de force chez un dentiste…

Ari se vexa.

— Ne soyez pas ridicule.

L'assemblée attendait à quelques pas. Dans un instant, tous les regards se braqueraient sur eux. Ari agit sur un coup de tête. Il prit la main de Maddi, celle portant la bague de fiançailles, et y déposa un baiser. Les flashs crépitèrent autour d'eux. Les journalistes s'en donnaient à cœur joie. Le geste était chaste. Un coup de publicité qu'Ari accomplissait avec cynisme. Alors pourquoi le parfum de Maddi l'enivrait-il autant ? Une fragrance légère aux notes florales, derrière laquelle perçait son odeur délicatement féminine. Les joues de Maddi se colorèrent. Ses pupilles dilatées assombrissaient ses yeux. Elle se mordit la lèvre, et il dut lutter contre l'envie de l'embrasser fougueusement dans une très publique démonstration de désir. Cela ne lui ressemblait pas du tout. Mais quelque chose chez elle le faisait régresser à l'état de sauvage, esclave de ses instincts primitifs.

Voilà pourquoi elle était dangereuse.

Au prix d'un effort, il détacha les lèvres de sa main et glissa celle-ci dans le creux de son coude. Sur un signe de sa part, son assistant convia les invités à approcher.

Maddi était lessivée. Ses pieds lui faisaient mal. Ses joues aussi à force de sourire. Quant à ses doigts, ils étaient en miettes après le nombre incalculable de poignées de mains qu'elle avait dû donner. Aristedes la surprit à se les frotter.

— Vous apprendrez à ne jamais donner votre main entière, confia-t-il.

— Vous auriez pu me le dire avant, grommela Maddi.

Ils se tenaient contre la balustrade, la mer infinie à leurs pieds. Le crépuscule peignait le ciel en un dégradé de violets. Elle répugnait à l'admettre, mais la beauté de l'île la fascinait. Ses odeurs aussi. L'air salé de la mer. Le parfum entêtant des fleurs sauvages. Des gardes faisaient tampon entre eux et la foule de plus en plus clairsemée. Ils auraient presque pu être seuls au monde...

— L'événement a été un succès, dit Aristedes.

Infatigable, il avait tenu son rôle d'hôte à la perfection tout l'après-midi. Et bien sûr, lui restait frais comme un gardon.

— Vraiment ? J'ai à peine décroché un mot.

— Tout le monde vous a vue et prise pour la princesse Laia. C'est l'essentiel.

— Et si nous tombons sur quelqu'un qui la connaît bien ?

Sur un geste du roi, un serveur se matérialisa avec deux flûtes de champagne. Aristedes lui en tendit une. Maddi but une longue gorgée. C'était agréable de sentir ses muscles se relaxer. Si seulement elle pouvait aussi enlever ses chaussures.

— Ce qui joue en notre faveur, ce sont les contacts limités entre Santanger et Isla'Rosa suite à des siècles de conflits, dit Aristedes. D'où le pacte de mariage pour promouvoir la paix et l'unité entre nos deux nations.

Maddi continua à siroter son champagne. Elle comprenait sa position. Mais elle rejoignait Laia dans son refus de voir Isla'Rosa assujetti à Santanger, plus riche et plus puissant. Enhardie par l'alcool, elle soutint son regard.

— Avez-vous songé à une remplaçante, une fois que vous aurez accepté que ce pacte de mariage est nul et non avenu ?

Aristedes se raidit.

— Le pacte est bien valide, assura-t-il. La princesse Laia a un destin tout tracé et finira par se plier à son devoir. Cette petite crise d'adolescence n'y changera rien. Plus vite elle comprendra qu'elle n'a pas le choix, plus vite nous pourrons abréger cette mascarade.

Maddi secoua la tête.

— C'est un arrangement archaïque. N'existe-t-il pas de moyens plus modernes d'asseoir la paix ? Rendez-vous à l'évidence. Laia ne veut pas vous épouser.

La mâchoire du roi se crispa. Il ne devait pas avoir l'habitude d'une telle franchise. Mais elle n'avait rien à perdre. C'était même excitant de lui tenir tête.

— On m'a annoncé à huit ans que j'épouserais la princesse Laia, dit-il sèchement.

Elle manqua de s'étrangler avec son champagne.

— Huit ans ? Mais Laia n'était alors qu'un bébé !

— Elle venait tout juste de naître.

Le cœur de Maddi se serra à la pensée du petit garçon qu'il avait été, recevant une nouvelle aussi monumentale.

— Cela fait beaucoup pour les épaules d'un enfant si jeune. Alors celles d'un bébé...

— C'est ainsi que les mariages se passent dans les familles royales.

— Et combien de familles royales heureuses connaissez-vous ?

Le roi serra les dents.

— L'important n'est pas là. C'est une question de...

— Devoir, responsabilités, stabilité. C'est bon, je connais le refrain.

Une toux discrète s'éleva derrière elle. Le regard noir d'Aristedes fit affluer le sang à ses joues.

— Oui, Santo ?

— Navré de vous interrompre, Votre Majesté. L'appel que vous attendiez est en attente.

— Merci. Je vais le prendre sur mon téléphone.

Il sortit son portable de la poche intérieure de sa veste.

— Ce sera tout, lui dit-il, impassible. Santo va vous raccompagner à votre suite.

Être congédiée si sommairement blessa Maddi. À l'évidence, il n'appréciait guère ses opinions. De quoi lui rappeler qu'elle n'appartenait pas à son monde. Elle en avait été exclue avant même d'être née. Le contraste entre elle et sa sœur n'aurait pu être plus frappant. À sa naissance, Laia était déjà promise à un roi. Maddi, elle, était venue au monde promise à personne, enfant d'une mère délaissée et condamnée à l'exil. Non, elle n'était pas une princesse. Cet après-midi lui avait démontré qu'elle n'était tout simplement pas à la hauteur. Elle se sentait... insignifiante. Pire, indésirable.

Alors qu'Aristedes tournait les talons, elle lui murmura :

— Est-ce le sort qui attend la princesse Laia ? Exhibée aux soirées mondaines et assignée à résidence le reste du temps ? Comptez-vous seulement apprendre à la connaître ?

— Naturellement, répondit-il. Après tout, elle sera bientôt ma femme. Mais vous n'êtes pas la princesse Laia. Après le mariage, vous et moi n'aurons plus aucun contact.

« Alors pourquoi ferais-je un effort ? »

Il n'avait pas besoin de le dire. Le sous-entendu était limpide. Il s'éloigna pour prendre son appel.

Maddi était sonnée. Elle l'avait bien cherché. Sous ses airs suaves se cachait un homme implacable, déterminé à ramener Laia pour lui faire accomplir son devoir. Coûte que coûte. À ses yeux, elle n'était qu'un contretemps qu'il subissait de mauvaise grâce.

Ces derniers jours, elle s'était prise à imaginer que le roi était en quelque sorte intrigué par elle. Et que lui aussi sentait cette intense alchimie entre eux. Il lui semblait que... que quoi ? se tança-t-elle. Qu'il s'intéressait davantage à elle, Maddi, qu'à la femme destinée à devenir la future reine de Santanger et mère de ses enfants ? Un étau lui serra la poitrine. Quelle idiote. Elle avait elle-même tendu le bâton pour se faire battre en le provoquant.

Un raclement de gorge la fit tressaillir. Elle se retourna. Santo, l'assistant d'Aristedes, l'attendait.

— Par ici, princesse Laia.

Elle le suivit d'un pas mécanique. Son moral était au plus bas. Avec le temps, elle avait appris à s'endurcir et à ne plus laisser le rejet de son père la miner. Mais sous la carapace, la blessure était toujours là. Elle s'en voulait d'avoir permis à Aristedes de remuer le couteau dans la plaie. Comment un homme qu'elle connaissait à peine pouvait-il la rendre à ce point vulnérable ?

Un coup retentit à la porte.

— Qu'y a-t-il ? aboya Ari.

— Navré de vous déranger...

Ari eut mauvaise conscience en voyant son plus fidèle assistant pétrifié sur le seuil. Qu'est-ce qui lui arrivait ? Il se faisait l'impression d'être son père, lunatique et imprévisible. Alors qu'il avait toujours mis un point d'honneur à ne pas lui ressembler.

Les infidélités de son père et son mépris pour sa femme avaient appris à Ari à ne compter que sur lui-même. Lui et son frère n'avaient reçu aucune éducation de leurs parents, aucun conseil bienveillant pour les guider dans la vie. Ils avaient été l'exemple même de ce qu'Ari ne voulait pas devenir. Pour le reste, il s'était formé auprès des conseillers et assistants du palais. Côté vie privée, il avait toujours traité ses maîtresses avec respect. Jamais il ne les trompait. Dax non plus, quoi que racontent les tabloïds. Et voilà qu'aujourd'hui, il se laissait distraire par une femme au point d'oublier ses manières. Une femme qui n'était même pas sa future reine !

— Désolé, s'excusa-t-il. J'avais l'esprit ailleurs.

Obsédé par Maddi. Par son expression lorsqu'il l'avait congédiée après la garden-party. Il jura en son for intérieur.

— Je venais vous rappeler que vous sortiez déjeuner avec la princesse Laia aujourd'hui. C'est bientôt l'heure, l'informa son assistant.

Ari avait complètement oublié. Ce genre d'étourderie ne lui arrivait jamais, d'habitude. Il connaissait toujours par cœur son emploi du temps. Il détestait décevoir les gens. Y compris sa fausse fiancée.

— Est-elle en train de m'attendre ?

— Oui, Votre Majesté. Dans la cour principale.

Son assistant parti, Ari éprouva un frisson d'anticipation. Mais ses mots de la veille lui revinrent…

« Vous n'êtes pas la princesse Laia. Après le mariage, vous et moi n'aurons plus aucun contact. »

Il s'était montré odieux. Maddi avait paru blessée. Une réaction inattendue de la part d'une femme qui avait eu le culot de se faire passer pour la princesse héritière d'Isla'Rosa. Ari savait pourquoi il avait réagi ainsi. Parce qu'elle le déstabilisait et faisait naître en lui des émotions indésirables. Les choses qu'elle disait, les questions qu'elle posait, avaient le don d'ébranler tout ce en quoi il croyait depuis toujours, et cela le mettait à cran. Son destin était décidé depuis sa plus tendre enfance. Un destin qui lui convenait, simple, efficace, sans drames ni imprévus. Mais depuis que Maddi avait surgi dans sa vie, il avait le sentiment de ne plus rien contrôler.

Sa dureté envers la jeune femme se justifiait. La princesse Laia avait disparu, Dieu seul savait où. Son frère aussi. Et lui se retrouvait précipité dans cette mascarade avec ce… ce sosie qui n'avait qu'à respirer à côté de lui pour faire bouillir son sang dans ses veines, de désir ou d'exaspération. Elle était une étrangère. Rien n'obligeait Ari à gagner ses faveurs. Et pourtant…

Pourquoi était-il si facile de parler avec elle ? D'où venait ce je-ne-sais-quoi de familier et mystérieux à la fois ?

Ari enfila sa veste et quitta son bureau. Maddi Smith était une intruse. Elle l'avait dupé. Mais si elle avait été la princesse, il lui aurait bel et bien fait la cour. Leur mariage avait beau être arrangé, il aurait voulu qu'elle se sente aussi désirée et acceptée que possible. Suivant cette logique, il devait traiter Maddi de la même façon. Si les gens percevaient des tensions entre eux, les rumeurs iraient bon train. C'était la dernière chose dont ils avaient besoin. Ensemble, ils devaient présenter l'image d'un couple uni. Ari avait confiance en son frère. Dax lui ramènerait la princesse.

Que Maddi soit la première femme à lui faire un tel effet n'était qu'un détail. Un désagrément passager qui serait vite oublié. Dans quelques semaines, il épouserait Laia, et tout rentrerait dans l'ordre.

Maddi, à quatre pattes, cherchait frénétiquement sa boucle d'oreille. Elle était certaine de l'avoir à son lobe encore quelques minutes plus tôt. Le bijou avait dû tomber par terre alors qu'elle entrait dans la cour. Hannah, également à quatre pattes, la conjurait de la laisser faire.

— Je m'en occupe, princesse Laia. Je vous en prie, inutile de vous salir.

Les gardes participaient aux recherches, eux aussi, en utilisant la lampe de leur portable pour fouiller entre les jointoiements des dalles.

Une toux s'éleva loin au-dessus de sa tête. Le cœur de Maddi sombra. Elle leva les yeux et se retrouva nez à nez avec une luxueuse paire de chaussures italiennes. Son regard remonta le long d'un pantalon bleu marine épousant des cuisses musclées et des hanches étroites, vers une chemise blanche et une veste assortie au pantalon.

Aristedes.

Elle se redressa d'un bond en époussetant sa combinaison noire. Évidemment, il avait fallu qu'il la surprenne au pire moment. Elle qui se trouvait si sophistiquée… Beaucoup moins maintenant, avec le visage en feu et le chignon à moitié défait.

Le roi arqua un sourcil interrogateur. Son humiliation après la garden-party lui restait en travers de la gorge. Elle s'était convaincue que rien de ce qu'il disait n'avait d'importance. Qu'elle était immunisée désormais. Elle se trompait. Il lui avait suffi d'apparaître pour qu'elle se sente aussi vulnérable que la veille. Dieu, ce qu'elle le haïssait, en cet instant !

— J'ai perdu une boucle d'oreille, expliqua-t-elle.

Il fronça les sourcils.

— Ce n'est qu'une boucle d'oreille.

Hannah s'était relevée et éloignée avec tact, tout en continuant à chercher.

Aristedes s'impatientait.

— Elle n'est pas irremplaçable. Venez.

Mais Maddi avait grandi en apprenant à prendre soin de ses affaires. Elle connaissait la valeur des choses car sa mère avait dû travailler pour les lui offrir, malgré la rente du roi d'Isla'Rosa. Butée, elle ne bougea pas et se remit à scanner le sol des yeux. Bien lui en prit. Un reflet blanc entre deux dalles accrocha son regard. Elle poussa une exclamation triomphale et alla ramasser la boucle d'oreille, avant de la brandir sous le nez d'Aristedes.

— Vous voyez ? Je l'ai trouvée !

Tout sourire, elle la remit à son oreille. Le roi fixait sa bouche. Elle la ferma aussitôt en se rappelant qu'elle était censée cacher ses dents du bonheur. Aristedes soupira.

— Pouvons-nous y aller, à présent que le mystère de la boucle d'oreille est résolu ?

Quelques minutes plus tard, ils montaient à l'arrière d'un SUV, qui quitta le palais pour se diriger vers la ville. Maddi se tourna vers le roi :

— Est-ce la situation qui vous rend grincheux ou êtes-vous toujours comme cela ?

Sans un mot, il appuya sur un bouton qui fit remonter la vitre entre eux et le chauffeur.

— Désolée. J'ai encore oublié, dit-elle, penaude.

Il la toisa avec sévérité.

— Que diable faisiez-vous à quatre pattes dans la cour ?

— Je vous l'ai dit. Je cherchais ma boucle d'oreille. Elle a sûrement une grande valeur.

Sa justification parut le dérouter.

— Ce n'est qu'un bijou.

Maddi désigna la bague de fiançailles à son annulaire.

— Et cela ? Ce n'est aussi qu'un bijou ?

Le roi roula des yeux.

— Non, évidemment. La bague, c'est différent.

— Vous n'avez pas répondu à ma question. Êtes-vous toujours aussi grincheux ?

Et grossier, aurait-elle ajouté si elle en avait eu le cran.

La contenance d'Aristedes changea. L'ombre d'un sourire passa sur ses lèvres, si fugace qu'elle crut l'avoir imaginé. Son cœur s'emballa.

— Non. Uniquement avec vous.

Des étincelles crépitèrent entre eux. La sonnerie du téléphone d'Aristedes rompit le charme.

— Veuillez m'excuser. Je dois prendre cet appel, dit-il en sortant l'appareil de sa poche.

Il s'exprimait dans le dialecte local, mélange d'espagnol et d'italien, très proche de la langue d'Isla'Rosa. Maddi avait commencé à l'apprendre. Mais il parlait beaucoup trop vite pour qu'elle puisse suivre ce qu'il disait.

Le SUV gravissait à présent une colline en empruntant de charmantes petites rues. Au sommet, il se gara et le garde du corps sur le siège avant descendit pour lui ouvrir sa portière. Maddi sortit.

Le panorama sur la ville et la mer était spectaculaire. Alors qu'ils tournaient au coin d'une ruelle, Maddi écarquilla les yeux. Un restaurant à flanc de colline, mariant harmonieusement verre et bois, composé de plusieurs étages et d'une terrasse, surplombait le vide. Un véritable bijou de design et d'architecture. Une main sous son coude, Aristedes la guida vers l'établissement, où le propriétaire les accueillit avec force courbettes.

— Votre Majesté, princesse Laia. Bienvenue au Paradiso.

Un nom approprié. Cet endroit était vraiment le paradis. Le propriétaire les conduisit à l'étage supérieur, où ils furent installés à une table à l'écart devant une baie vitrée offrant une belle vue dégagée.

— Ce restaurant est incroyable. Je n'ai jamais rien vu de tel, s'extasia Maddi.

— Attendez de goûter aux plats. La crème de la crème de la cuisine méditerranéenne.

Aristedes, très à l'aise, exsudait une virilité brute rappelant le pouvoir derrière la façade civilisée.

— J'imagine qu'il s'agit d'un simple coup de pub ? Nous afficher ensemble en public afin de montrer que nous sommes proches ?

Nul doute qu'il préférerait être ailleurs avec sa vraie fiancée.

— Exactement, confirma-t-il en croquant dans une olive.

L'endroit était trop chic pour y jouer ouvertement les curieux. Mais Maddi avait senti les regards discrets des autres clients sur leur passage.

— Cela vous ennuie-t-il de devoir jouer la comédie avec moi ? demanda-t-elle.

Voilà qu'elle recommençait. N'avait-elle pas retenu la leçon après la garden-party ? Quand apprendrait-elle à tourner sept fois sa langue dans sa bouche avant de parler ?

Aristedes la dévisagea sans répondre. Une vive chaleur inonda le corps de Maddi. Comme quand il lui avait baisé la main la veille.

Un serveur apparut avec un assortiment de pains et de sauces.

— J'ai pris la liberté de choisir pour vous, dit Aristedes. J'ai supposé que tout vous plairait.

Maddi aurait quand même préféré commander elle-même. Mais à quoi bon provoquer un conflit inutile ?

— Merci. Voyons si vous avez bien cerné mes goûts.

L'apéritif était exquis, un véritable éventail de saveurs diverses et variées. Son pain préféré était celui à la tomate, trempé dans la sauce pesto.

— Goûtez le vin.

Elle but une lichée en fermant les yeux. Raisin gorgé de soleil et cassis. Un délice. Aristedes la fixait lorsqu'elle rouvrit les paupières. Le rouge lui monta aux joues.

— Désolée, je m'oublie.

— Peut-être auriez-vous dû devenir chef ?

— J'ai été commis de cuisine dans un restaurant à Dublin, raconta-t-elle. Les chefs sont constamment sous pression. Non, je préfère cuisiner dans une ambiance plus détendue. Pour mes amis, par exemple.

Ou pour sa sœur, naïvement impressionnée par ses compétences plutôt basiques.

— Pourquoi votre mère a-t-elle quitté Isla'Rosa ?

La question prit Maddi au dépourvu. Que lui dire sans trop en dévoiler ?

— Parce qu'elle et mon père se sont séparés, se borna-t-elle à répondre. Il ne voulait pas de nous.

Elle espérait que son ton dégagé suffise à masquer son émotion.

— Cela a dû être difficile pour elle, commenta Aristedes. Quitter son pays et s'installer à l'autre bout de l'Europe…

— Dans une contrée où il pleut tout le temps, plaisanta-t-elle. J'étais bébé. Je n'ai rien connu d'autre.

— L'Irlande est un pays magnifique. J'y suis allé plusieurs fois.

— Vraiment ?

Elle ne se souvenait d'aucune visite d'État du roi de Santanger. Les médias en auraient parlé.

— Il s'agissait de voyages privés et non officiels, précisa-t-il. Mais le président m'a adressé une invitation ouverte pour une visite d'État. Peut-être l'honorerai-je avec ma reine.

Un étau lui comprima la poitrine à l'idée d'Aristedes en voyage en Irlande avec Laia. Elle s'obligea à sourire.

— N'hésitez pas. L'hospitalité irlandaise est réputée dans le monde entier.

Leur plat de résistance arriva, de savoureuses portions de pâtes à la ricotta assaisonnées d'une sauce légère. Ils mangèrent dans un silence étonnamment confortable. Leurs assiettes débarrassées, Aristedes reprit la parole :

— Je vous dois des excuses.

Maddi s'attendait à tout sauf à cela.

— N'est-ce pas plutôt l'inverse ? C'est à moi de m'excuser tous les jours d'être là à la place de la princesse Laia.

Elle regretta aussitôt son intervention en le voyant se rembrunir.

— Désolée. Je vous écoute.

— À propos d'hier, reprit-il. Ce que je vous ai dit était désobligeant et malvenu. Vous êtes proche de la princesse. Assez pour mener cette supercherie à sa demande…

— C'était mon idée, intervint Maddi.

Aristedes s'interrompit.

— Pardon ?

Ses excuses avaient mis un peu de baume sur le mal que lui avaient fait ses mots. Lui avouer sa responsabilité, c'était prendre le risque qu'il se rétracte. Mais elle ne pouvait continuer à le laisser croire que c'était Laia qui avait tout orchestré.

— C'est moi qui l'ai encouragée à s'enfuir pendant que je me faisais passer pour elle.

Un silence tendu tomba entre eux.

— Elle aurait pu refuser, dit-il après un moment. Mais elle a choisi de suivre votre suggestion. C'était sa décision. La seule différence, c'est que vous n'êtes peut-être pas totalement dénuée d'intégrité.

Un serveur apporta le café, accompagné de miniviennoiseries.

— Comme je le disais, vous êtes proche de la princesse, continua-t-il. Elle vous fait confiance et voudra certainement vous garder comme dame de compagnie une fois reine de Santanger.

Maddi écoutait, en proie à une tempête d'émotions contradictoires. Ses excuses l'avaient surprise et apaisée d'une certaine façon. À l'inverse, sa conviction arrogante que Laia l'épouserait comme prévu en dépit de toutes les preuves du contraire la faisait bondir. Mais le plus révélateur était ce qu'elle ressentait à l'entendre déclarer avec magnanimité qu'elle pourrait rester au service de Laia. Autrement dit, que cela ne lui ferait ni chaud ni froid de la croiser chaque jour malgré leur intense attirance mutuelle.

Mutuelle ? En es-tu sûre ? L'évidence la frappa de plein fouet. Non, l'attirance, elle était uniquement de son côté. Quand il la regardait, Aristedes ne voyait qu'un obstacle entre lui et sa reine. Elle s'était entichée de lui au premier regard. Mais lui n'éprouvait qu'irritation à son égard. Si elle avait cru qu'il y avait plus, c'était parce qu'il se moquait d'elle.

Une autre vérité s'imposa à elle : côtoyer cet homme au quotidien sans être sienne lui serait intolérable.

Cette révélation l'ébranla. Comment en était-elle arrivée là ?

Elle posa sa serviette sur la table.

— Je ne me sens pas très bien, tout à coup. Pouvons-nous rentrer au palais ?

6

Ari observait Maddi sur le trajet du retour. Elle était pâle. Pourquoi s'inquiétait-il à son sujet ? Cette femme avait sérieusement perturbé le cours de sa vie. Mais il ne pouvait s'empêcher de se demander si c'était quelque chose qu'il avait dit…

Ou peut-être se sentait-elle simplement dépassée par les responsabilités de la princesse Laia, plongée dans le grand bain du jour au lendemain. Auquel cas, tant pis pour elle. Elle l'avait bien cherché. Mais cette revanche ne lui apportait pas vraiment de satisfaction. Ce qu'il ressentait était beaucoup plus ambigu. Sans oublier ce désir latent qui ne le quittait plus.

Maddi avait vraiment gagné en élégance. Sa combinaison noire dénudait ses bras fins et une ceinture dorée ceignait sa taille. Les perles à ses oreilles étaient la définition même du glamour discret attendu d'une future reine. Alors pourquoi ses yeux cherchaient-ils un certain piercing en diamant ? C'était lui qui lui avait demandé de l'enlever, comme ces pères autoritaires contrôlant l'apparence de leurs filles adolescentes. Était-ce ce qu'il était devenu ? Un conservateur collet monté, allergique à toute fantaisie ?

— Tout va bien ? demanda-t-il.

Elle hocha la tête.

— Oui. J'avais juste besoin d'un peu d'air.

Ari se détendit en la voyant reprendre des couleurs.

— Je pensais faire une sortie à cheval cet après-midi. Cela vous tente ? proposa-t-il sur un coup de tête.

Ses yeux vert-noisette s'agrandirent de surprise. D'autres mèches s'étaient échappées de son chignon, comme si ses cheveux refusaient de se laisser dompter.

— Ce serait avec plaisir, mais...

Elle fit la grimace.

— Je n'ai commencé à apprendre à monter que cette année à Isla'Rosa. Je ne suis pas encore très douée.

— Aucun problème. Nous vous donnerons une monture docile.

— Merci. J'apprécie.

Son sourire fit battre son cœur plus vite. Il y avait chez cette femme quelque chose qu'Ari n'avait jamais rencontré avant. On lisait en elle comme en un livre ouvert. Ses sentiments n'étaient ni feints ni refoulés. Ils émanaient d'elle avec une irrépressible sincérité. Maddi n'avait pas eu à se forger une carapace, comme lui ou toutes les personnes qu'il connaissait. Cette transparence dans ses émotions le désarmait.

Il donna l'ordre au chauffeur de les conduire aux écuries, puis appela Hannah afin qu'elle apporte des vêtements appropriés.

Maddi se réjouissait de cette proposition inattendue. Elle avait bien besoin d'une distraction face aux émotions qu'Aristedes soulevait en elle. À leur arrivée aux écuries, Hannah l'attendait avec une tenue d'équitation. Maddi se changea dans le vestiaire des palefreniers, troquant sa combinaison contre des jodhpurs kaki, un polo blanc et des bottes noires. Son chignon céda la place à une queue-de-cheval basse sous l'indispensable bombe. Quant à ses bijoux, elle les confia à Hannah. Elle se sentait plus légère sans tout cet attirail. Pour la première fois depuis des jours, elle avait l'impression de redevenir elle-même.

C'était sa sœur qui lui avait donné sa première leçon d'équitation. Laia était une cavalière émérite. Elle avait appris à monter dès son plus jeune âge. Maddi avait adoré, même si les chevaux l'effrayaient un peu par leur taille et leur puissance.

On frappa à la porte du vestiaire.

— Princesse Laia ? Le roi est prêt.

Et on ne faisait pas attendre le roi. Maddi roula des yeux. Mais elle était secrètement excitée de le découvrir dans un environnement plus informel.

Dans la cour, elle le trouva en train de caresser un magnifique cheval brun. Il lui tournait le dos, de sorte qu'elle avait une vue imprenable sur son fessier musclé que moulait le jean délavé. *Seigneur.* Puis il se retourna et le regard de Maddi glissa vers les biceps saillants révélés par le polo à manches courtes, d'un blanc qui faisait ressortir son teint mat. Aristedes promena les yeux sur elle de haut en bas. Une vague de chaleur submergea Maddi. Elle l'ignora, mortifiée par ce désir à sens unique, et s'avança vers lui.

Le cheval était sellé et prêt. Aristedes lui flatta l'encolure.

— Voici La Reina, lança-t-il.

Maddi haussa un sourcil.

— C'est une plaisanterie ? Elle s'appelle La Reine ?

— Parce qu'elle est la reine des écuries royales, expliqua-t-il. Elle a dix-huit ans et a engendré certains des plus grands champions en Europe, y compris en Irlande.

Maddi s'approcha nerveusement.

— C'était un cheval de course ?

— Une vraie gagnante. Mon père l'a achetée à une vente à Dublin alors qu'elle n'avait qu'un an.

Elle lui caressa le museau d'un geste prudent.

— Alors elle fait un peu partie de la famille ?

— On peut dire cela, oui.

— Est-ce un haras, ici ? questionna-t-elle.

— Non. Le haras et les terrains d'entraînement sont ailleurs. Ici, c'est seulement l'écurie royale, où nous gardons quelques chevaux pour nos promenades privées. Et La Reina, bien sûr, qui a bien mérité sa retraite. Pas vrai, ma belle ?

Maddi regarda, hypnotisée, la main d'Aristedes aller et venir sur l'encolure de la jument. *La chanceuse.*

— Vous savez comment enfourcher un cheval ? demanda Aristedes en désignant l'étrier.

Elle le fixa, incrédule.

— Vous voulez dire que c'est elle que je monte ? Et si je lui fais mal ?

Aristedes sourit, et toutes ses facultés mentales la désertèrent. Il avait l'air si différent quand il souriait. Plus jeune. Moins austère.

— Vous ne lui ferez pas mal, assura-t-il. Elle a vu passer plus d'un cavalier novice, croyez-moi.

Maddi se positionna à l'encolure de l'animal et saisit la rêne, comme Laia le lui avait appris, puis posa le pied gauche sur l'étrier. Sous le regard attentif d'Aristedes, elle plaça son autre main sur la selle et parvint à se hisser sur la jument sans se ridiculiser. Il régla l'étrier à la bonne hauteur et leva la tête.

— Pas mal. Votre posture est bonne. Avez-vous les bases ?

Maddi était nerveuse. Elle se sentait très haute sur La Reina, qui était plus imposante que les chevaux avec lesquels elle s'était entraînée.

— Le strict minimum, répondit-elle.

— Détendez-vous et essayez de vous habituer à votre monture. Elle vous guidera.

Un palefrenier apparut avec un autre cheval. Un étalon noir si impressionnant que La Reina paraissait presque petite à côté. Aristedes ajusta les rênes, avant d'enfourcher l'animal d'un mouvement leste. Maddi remua pour atténuer la brusque tension entre ses cuisses, mais se pétrifia quand sa jument bougea. Laia ne lui avait fait monter que les chevaux les plus placides du palais d'Isla'Rosa. Aristedes attacha sa bombe et lui lança un regard par-dessus son épaule.

— Prête ?

— Nous allons au pas, n'est-ce pas ? s'assura-t-elle comme ils quittaient la cour.

— Oui, ne vous inquiétez pas. La Reina nous suivra automatiquement, Sooty et moi.

— Sooty ?

Drôle de nom pour un animal aussi majestueux. Aristedes attendit qu'elle soit parvenue à sa hauteur, puis les deux chevaux s'engagèrent côte à côte sur un sentier.

— Dax et moi avons reçu ce cheval quand nous étions adolescents, raconta-t-il. Comme d'habitude, Dax ne voulait pas partager.

— Que s'est-il passé ?

— Nous nous sommes battus. Le premier à terre avait perdu.

— Votre mère n'a pas dû apprécier, commenta Maddi.

Le roi fit la grimace.

— Non. Dax a eu le nez cassé. Autant dire que cela a été notre dernière bagarre.

— Donc... Sooty ? Pardon, mais c'est presque une insulte. Il aurait dû s'appeler César ou quelque chose comme cela.

— Pour se venger de ma victoire, Dax a fait enregistrer son nom dans le système officiel avant moi. Voilà pourquoi je monte un étalon appelé Sooty.

Maddi éclata de rire en imaginant la tête dépitée d'Aristedes adolescent.

— Ravi que cela vous amuse.

— Désolée, dit-elle en se reprenant. Dax est vraiment diabolique.

Ils continuèrent à chevaucher dans un silence confortable. Maddi commençait à s'habituer à La Reina. Elle se pencha et lui caressa l'encolure, secrètement reconnaissante de ne pas avoir été jetée à bas à la seconde où elle s'était hissée sur son dos. Son regard glissa vers Aristedes. Il était incroyablement sexy, une main sur la rêne, l'autre sur sa cuisse. Son corps se mouvait avec fluidité, au diapason du rythme de son cheval. Maddi, elle, rebondissait à chaque pas. Mais en tentant d'imiter sa posture à lui, elle aussi finit par se synchroniser avec sa monture.

Le chemin s'étrécissait de plus en plus. Tant mieux. Cela lui épargnait de devoir guider La Reina, qui se contentait de suivre Sooty. Elle aperçut une plage un peu plus bas, dont le sable doré scintillait au soleil. Ils se dirigèrent vers elle. Les fleurs sauvages embaumaient l'air de leur parfum. La température était idéale, chaude, sans que le soleil tape. Alors qu'ils débouchaient sur la plage déserte, Maddi plaça une main en visière sur son front.

— C'est si calme, remarqua-t-elle. Je me serais attendue à ce que ce soit bondé.

— Nous sommes toujours sur les terres du palais, dit Aristedes.

Évidemment. Elle aurait dû s'en douter.

Sooty piaffait sur place.

— J'ai besoin de le faire galoper un peu. Cela ira pour vous ?

— Bien sûr, répondit Maddi. Allez-y.

Ainsi, elle pourrait les admirer tout à loisir. Ils avaient une telle prestance, tant l'étalon que son cavalier. Ils approchèrent au trot du rivage, avant de s'élancer au galop dans l'écume des vagues. Le tableau était magnifique. Une saisissante démonstration d'adresse et de beauté masculine. Aristedes bougeait à peine sur sa selle, semblant ne faire plus qu'un avec sa monture.

De son côté, La Reina se promenait d'un pas tranquille à la lisière des arbres. Soudain, un oiseau s'envola des buissons en coassant. La jument se cabra avant que Maddi n'ait eu le temps de réagir. Par miracle, elle parvint à rester en selle. Mais l'animal s'emballa, lancé dans un galop effréné. La poulinière docile s'était transformée en boulet de canon. Maddi n'avait plus aucun contrôle !

Elle se cramponnait de toutes ses forces aux rênes. La jument allait bien finir par s'arrêter, non ? Mais une barrière de rochers aiguisés se rapprochait à une vitesse alarmante, sans que l'animal ne montre le moindre signe de vouloir ralentir. Maddi pria pour son salut. Elle allait fermer les yeux quand un éclair noir surgit à ses côtés. Aristedes se pencha et s'empara de la rêne de La Reina. Habilement, il parvint à la ramener au petit galop, puis au trot, et enfin au pas, quelques mètres à peine au-devant des rochers.

Maddi n'avait pas repris son souffle que deux mains fermes la soulevaient de sa selle et la déposaient à terre. Elle vacilla sur ses jambes tremblantes. Aristedes lui ôta sa bombe et la jeta de côté.

— Tout va bien ? Êtes-vous blessée ?

Tout en la questionnant, il lui palpait les bras, la taille, les hanches. Puis il s'accroupit pour vérifier l'état de ses cuisses et de ses mollets. Lorsqu'il se releva, elle s'agrippa à son polo. Elle claquait si fort des dents qu'il l'attira à lui en lui frottant le dos.

— Désolé. C'est ma faute, dit-il. Je n'aurais jamais dû vous laisser seule. La Reina reste un cheval puissant. Quelque chose a dû l'effrayer.

Maddi leva les yeux. Elle se sentait plus stable sur ses jambes. Au choc succédaient maintenant d'autres sensations. Leurs corps pressés l'un contre l'autre la troublaient. Il y avait de la tendresse dans le geste d'Aristedes, mais aussi une certaine sensualité qui lui communiquait plus que du réconfort. Elle tenta de parler :

— C... c'était un oiseau. Il... il a jailli des buissons.

— La Reina aurait pu vous jeter à bas...

Maddi ébaucha un pâle sourire.

— Elle a essayé.

— Je suis désolé, Maddi. Un débutant n'a vraiment pas besoin de cela. Une telle frayeur en découragerait plus d'un.

Mais Maddi ne voulait pas paraître faible.

— Je vais bien. Je peux remonter en selle, affirma-t-elle.

En croisant les doigts pour que ce soit vrai.

— Attendons encore un peu, décréta Aristedes.

Un subtil changement s'opéra dans l'air. Maddi se sentait submergée par la situation. Leurs corps collés l'un à l'autre. Hanche contre hanche. Cuisse contre cuisse. Ses seins écrasés contre son torse d'acier. Craignant de se trahir, elle tenta de se dégager. Mais les bras d'Aristedes ne bougèrent pas d'un pouce.

— Que faites-vous ? demanda-t-il.

L'intensité de son regard lui coupa le souffle.

— Je... je tiens debout toute seule, vous savez.

— Ne prenons aucun risque.

Il fit glisser une longue mèche brune entre ses doigts. Évidemment, sa queue-de-cheval s'était défaite. Elle devait avoir l'air d'une sorcière hirsute.

— J'aurais dû savoir tout de suite que vous n'étiez pas Laia...

— Pourquoi ?

— Parce que, quand je vous regarde, je brûle de vous faire mienne.

Les jambes de Maddi faillirent se dérober. Était-elle en train de rêver ? Le regard d'Aristedes se posa sur sa bouche, et son corps s'embrasa. Elle n'avait jamais vraiment cru qu'un tel feu puisse exister. Jusqu'à aujourd'hui. Jusqu'à ce qu'il la consume tout entière.

— Je croyais que ce n'était que moi, souffla-t-elle.

— Maddi, vous me rendez fou.

Elle baissa les yeux.

— Je sais. À cause de…

Il lui leva le menton sans la laisser terminer.

— Non. À cause de ceci.

Sa bouche captura la sienne, et le temps se suspendit. Mais le choc initial passé, elle lui rendit son baiser, avec une férocité qui l'aurait effrayée si le soulagement n'avait éclipsé tout le reste.

Il la désirait aussi.

Lorsqu'il inclina la tête, ses lèvres s'ouvrirent d'elles-mêmes. Leur baiser gagna en intensité. Au contact de la langue d'Aristedes, un torrent de lave déferla au cœur de sa féminité, où palpitait son désir. Il exigeait d'elle sa pleine participation à ce tango sulfureux. Maddi ne demandait pas mieux. Aristedes la plaqua contre lui, et elle gémit en sentant contre son bas-ventre la preuve explicite de son excitation.

Ses sens étaient saturés. Mais au cœur de cette conflagration flottait une autre sensation, déconcertante. Celle d'avoir enfin trouvé sa place.

Aristedes rompit leur baiser.

Maddi avait le tournis. Avec effort, elle ouvrit les yeux. Tout était flou. Puis, peu à peu, le brouillard se dissipa. Le désir gravé sur les traits d'Aristedes reflétait le sien.

Il la contempla en secouant la tête.

— Qui êtes-vous vraiment ?

Elle avait envie de lui poser la même question. Où était passé l'homme austère et rabat-joie que lui décrivait Laia ? Il était l'homme le plus excitant qu'elle ait rencontré de sa vie. Personne n'avait jamais eu une telle tendresse pour elle. Pas même sa propre mère.

L'une des mains du roi remonta le long de sa taille. Le souffle de Maddi se raccourcit.

— Je rêve de vous, murmura-t-il. De vous toucher...

Une moiteur brûlante se répandit entre ses cuisses.

— V... vraiment ?

Pour toute réponse, sa main se faufila sous le polo de Maddi. Sa paume était calleuse. Un roi aurait dû avoir les mains lisses de qui n'avait jamais eu à lever le petit doigt. Mais pas lui. Ses mains étaient celles d'un travailleur. Il reprit sa bouche, tout en soupesant un de ses seins. Maddi émit une plainte inarticulée et se frotta contre lui, grisée par le renflement dur contre sa cuisse. Ses tétons hérissés réclamaient son attention. Il se mit à les taquiner du pouce à travers la dentelle de son soutien-gorge. *Mon Dieu.* Maddi se liquéfiait, réduite à une masse de sensations étourdissantes.

Ce fut de nouveau Aristedes qui interrompit leur baiser.

— Je pourrais vous prendre là, maintenant...

La crudité de ses mots, loin de la choquer, fit vibrer chaque cellule de son corps.

Alors qu'attendez-vous ?

Mais Aristedes recula. Elle ravala une protestation. Il enleva sa main de son sein et baissa son polo.

— Ce n'est ni le lieu ni l'endroit.

Maddi essayait de se rappeler pourquoi ce n'était pas une bonne idée. Plusieurs réponses lui vinrent.

Parce qu'il est le roi.

Parce qu'il te déteste.

Parce que tu es vierge.

Elle recula aussi, chancelante sans son soutien.

— Ça ira ?

Elle repoussa le bras qu'il lui tendait. Elle s'était complètement mise à nu devant lui. Elle regarda la plage autour d'elle comme si elle la voyait pour la première fois. Il lui semblait que son univers entier venait d'être chamboulé.

— Oui, ça va.

— Rentrons au palais. Mes hommes vont se demander où nous sommes.

Il n'eut qu'à siffler entre ses doigts pour que les deux chevaux reviennent au trot. Maddi, encore étourdie, remonta en selle sans même avoir le temps d'avoir peur. Cette fois, Aristedes resta à ses côtés, un œil sur La Reina. Prêt à saisir ses rênes à tout instant, pendant qu'elle s'efforçait de mettre de l'ordre dans ses idées.

Aristedes avait envie d'elle.

Autant qu'elle avait envie de lui.

Et maintenant ? Allait-il regretter ce moment d'égarement avec la femme qui avait compromis ses projets d'avenir ? La jugerait-il pour ces instants de promiscuité ? Peut-être se repentait-il déjà de sa faiblesse. Et elle, que voulait-elle ?

Lui. C'était lui qu'elle voulait. Comme jamais elle n'aurait cru possible de vouloir quelqu'un. Il était l'homme qu'elle attendait sans le savoir. La grande passion de ses rêves.

L'homme promis à ta demi-sœur.

Maddi redescendit sur terre. Laia se sentirait-elle trahie ? Sans doute pas. Cela faisait quatre ans qu'elle s'ingéniait à l'éconduire. Elle était allée jusqu'à disparaître à l'autre bout du monde dans l'attente de son couronnement ! Non, Laia ne lui en voudrait pas. Elle penserait plutôt que Maddi avait perdu la tête. Ou qu'elle ne reculait vraiment devant rien pour faire diversion.

Elle gloussa en imaginant Laia l'encourageant à séduire le roi de Santanger. Aristedes tourna la tête comme ils franchissaient le portail des écuries.

— Qu'est-ce qui vous amuse ?

Maddi redevint sérieuse.

— Rien. Rien du tout.

Un palefrenier s'avança pour l'aider à descendre. Mais Aristedes le devança. Les mains sur sa taille, il lui servit d'appui tandis qu'elle se laissait glisser à terre. Ses jambes étaient encore un peu flageolantes. Le palefrenier emmena les deux chevaux et un assistant approcha, l'air pressé de s'adresser au roi. Maddi aussi voulait lui parler. Elle dansait d'un pied sur l'autre en cherchant ses mots, incertaine de ce qu'elle voulait exprimer.

— Aristedes, je...

— Nous avons une sortie ce soir. Hannah va vous aider à vous préparer. Soyez prête à 18 heures.

Là-dessus, il s'éloigna, son assistant sur les talons.

Hannah apparut au volant d'une voiturette de golf.

— Princesse Laia ? Je vous ramène. Voulez-vous manger quelque chose en rentrant ?

Maddi était touchée que la jeune femme se souvienne de son insatiable appétit. Plus que de raison. Elle avait les émotions à fleur de peau, comme si toutes ses défenses s'étaient effondrées, la laissant dangereusement vulnérable.

Après tout ce qui s'était passé, elle s'aperçut qu'elle mourait de faim.

— Merci, je veux bien.

Hannah sourit.

— Je m'en occupe. Comptez sur moi, princesse Laia.

Ari ajusta son nœud papillon pour la énième fois. N'était-il pas trop serré ? Jurant dans sa barbe, il finit par le laisser tel quel.

— Autre chose, Votre Majesté ? demanda son valet.

— Non, merci, Tomas. Vous pouvez y aller.

Une fois Tomas parti, Ari consulta sa montre. Il était en avance. Comme un adolescent fébrile avant son premier rendez-vous. Irrité, il alla se servir un whisky dans le salon.

Jamais il n'oublierait la terreur qu'il avait ressentie en voyant Maddi cramponnée à La Reina, courant au-devant d'un drame certain. Il l'avait imaginée en sang sur les rochers. Qu'il soit parvenu à arrêter la jument à temps tenait du miracle. En l'aidant à descendre, il avait vraiment craint le pire. Mais plus de peur que de mal. Elle allait bien. Peut-être était-ce pour cela qu'il l'avait embrassée...

Il avala son verre d'une traite. Maddi avait excédé tous ses fantasmes. Ses lèvres étaient aussi douces qu'elles en avaient l'air, sucrées tel un fruit mûr. D'abord hésitante, elle avait fini par l'égaler dans la passion. La rondeur de son sein dans sa main lui avait procuré la plus érotique des expériences depuis longtemps. Comment avait-il trouvé la force d'arrêter ? De ne pas succomber à la tentation de la prendre là, sur le sable ? Il l'ignorait. Les heures qui s'étaient écoulées depuis n'avaient en rien tempéré ses ardeurs. Ce baiser avait ouvert une vanne. Il la désirait, plus qu'il n'avait jamais désiré aucune autre femme. Et il fallait que ce soit la dame de compagnie de sa future épouse !

Une future épouse qui fuyait leur mariage. Mais ce n'était pas le plus pressant. Le vrai problème, c'était comment tenir une soirée entière aux côtés de Maddi sans la toucher de nouveau. Puis il revit son père, affichant sans vergogne son désir pour sa dernière maîtresse en date. Ce souvenir le refroidit. Il s'était juré de ne pas être comme lui. Il avait plus de self-control que cela. C'était même ce qui le définissait. Et pourtant... Sur cette plage, tout à l'heure, il avait bien failli être aussi faible que son père.

Simple contrecoup du choc, raisonna-t-il. *Maddi aurait pu mourir.* Il frémissait rien que d'y penser.

On frappa à la porte.

— Votre Majesté, la princesse Laia est là.

Un frisson courut sur sa nuque. Il aurait pu jurer qu'il sentait son parfum. Il serra les dents. Elle n'était qu'une femme parmi d'autres. Son but était de lui embrouiller les idées, et il ne le permettrait pas.

Lentement, il se retourna.

Dios mio.

Le désir le frappa avec la force d'un raz-de-marée. Lui qui comptait sur sa discipline de fer... Autant se rendre à l'évidence. Les charmes de Maddi étaient un chant de sirène auquel nul ne pouvait résister. Même avec la meilleure volonté du monde.

Maddi hésita sur le seuil devant l'expression renfrognée d'Aristedes.

— Est-ce ma tenue ? Hannah et le styliste m'ont assuré que c'était la robe idéale pour ce soir.

Une robe bustier noire classique, froncée à la taille, qui s'évasait ensuite dans un nuage de mousseline de soie. En complément, Maddi portait un simple collier de diamants, ainsi qu'un bracelet et des boucles d'oreilles assorties. Ses cheveux étaient coiffés en un chignon élaboré retenu par une épingle également incrustée de diamants. En se découvrant dans le miroir, elle s'était trouvée si sophistiquée qu'elle avait regretté de ne plus avoir son téléphone pour envoyer une photo à Laia. Sa sœur lui manquait tellement ! Maddi n'avait jamais vraiment eu d'amie proche. Laia était devenue sa confidente. C'était la première fois qu'elles restaient séparées aussi longtemps depuis leur rencontre.

À en juger par sa contenance, Aristedes regrettait ce qui s'était passé sur la plage. Il posa son verre sur une console.

— Vous êtes très bien. Allons-y.

Il traversa la pièce, à couper le souffle en smoking noir. Élégant et magnétique, avec une touche sous-jacente de danger. D'un geste, il l'invita à le précéder, et elle sortit la première, les doigts crispés sur sa pochette de soirée. Il ne lui adressa pas un mot en chemin vers la voiture qui les attendait. À l'intérieur, il s'assit à l'autre extrémité de la banquette, comme pour mettre le plus de distance possible entre eux. Cette tension lui vrillait les nerfs. Mieux valait la dissiper tout de suite.

— Écoutez, à propos de cet après-midi...

Elle bafouilla, incapable de mettre des mots sur la commotion que lui avait causée leur baiser. Elle ne savait même pas ce qu'elle voulait dire !

Il appuya sur un bouton et la vitre de séparation remonta. *Flûte.* Jamais elle ne s'y ferait. Son regard happa le sien.

— Oui ? À propos de cet après-midi ?

— Je...

J'ai envie de recommencer. Mais pas lui. Aristedes, de toute évidence, était revenu à la raison.

— Rien. Aucune importance, dit-elle en contenant son émotion. Quel est l'événement de ce soir ?

Aristedes paraissait détendu. Mais Maddi ne s'y fiait pas. La tension était toujours là. Elle avait changé de forme, comme si un message était passé entre eux dont elle n'avait pas connaissance.

— Vous avez été courageuse, cet après-midi, dit-il sans répondre à sa question.

Décidément, il avait le don de la prendre au dépourvu.

— Vous trouvez ?

— Oui. Vous êtes remontée en selle.

Ses joues s'échauffèrent.

— Disons que j'avais l'esprit ailleurs…

Un sourire énigmatique incurva les lèvres d'Aristedes.

— La prochaine fois, je vous donnerai une leçon en bonne et due forme. Plus question de vous laisser seule.

Le pouls de Maddi s'accéléra.

— La prochaine fois ?

— Vous avez dit que vous appreniez à monter, non ? Pourquoi ne pas continuer ici ?

— Je… D'accord.

Sans transition, il revint à sa question.

— L'événement de ce soir est un bal de charité destiné à lever des fonds pour les hôpitaux.

Maddi avait assisté à ce genre de bals avec Laia, dont la principale mission avait consisté à serrer des mains et remercier les donateurs pour leurs généreuses contributions.

— Je tâcherai de me fondre dans le décor.

— Dans ce cas, il ne fallait pas porter cette robe.

La panique s'empara de Maddi. L'emmenait-il à ce bal dans la seule intention de la ridiculiser ?

— Vous m'avez dit qu'elle était très bien !

Les yeux du roi errèrent sur elle de haut en bas.

— Elle l'est. Vous êtes magnifique.

Sa peau s'enfiévra. Il n'avait plus tant l'air de regretter leur baiser, tout compte fait.

— Vous êtes difficile à cerner, vous savez ? pesta-t-elle.

— Laissez-moi être plus clair…

Sans crier gare, il la tira vers lui. Sa robe bruissa contre le cuir de la banquette. Un bras musclé s'enroula autour de sa taille, tandis que, de sa main libre, il lui levait le menton. Un feu explicite brûlait dans ses prunelles. L'air manquait à Maddi. Elle entrelaça leurs doigts sur sa taille et, sans réfléchir, pressa ses lèvres sur les siennes.

Pendant une fraction de seconde, rien ne se passa. Comme si Aristedes testait sa capacité à lui résister. Alors qu'elle reculait la tête, certaine qu'il se moquait d'elle, il la retint et prit sa bouche dans un baiser sauvage qui balaya ses doutes. Non, il ne jouait pas. Il la désirait aussi.

Le temps et l'espace s'évaporèrent. Plus rien n'existait que la sensation de ses lèvres sur les siennes. De leurs langues engagées dans un duel torride évoquant un autre corps-à-corps, plus intime encore. C'était une danse que Maddi connaissait d'instinct, malgré son peu d'expérience.

Oh ! elle avait déjà été embrassée. Mais pas comme cela. Pas par un homme habitué à des partenaires sensuelles et expérimentées. Ses égales en matière de sexe. Maddi n'était pas une de ces femmes. Elle était une fille vierge qui *jouait* les femmes sensuelles et expérimentées. Étrange comme l'audace lui venait naturellement entre les mains d'Aristedes.

Vierge.

Quelle serait sa réaction s'il venait à le découvrir ? Serait-il dégoûté ? Tirée de sa transe, elle s'arracha à leur baiser. L'air désorienté d'Aristedes lui prodigua une certaine satisfaction. Qu'elle puisse avoir un tel effet sur un homme comme lui…

Il jeta un coup d'œil par-dessus son épaule.

— Nous sommes arrivés, annonça-t-il.

Le cœur de Maddi battit plus vite. Heureusement que les vitres étaient teintées. Une foule de photographes se pressait devant le perron d'un majestueux édifice. Aristedes descendit de voiture sous un tonnerre d'acclamations. Sa popularité auprès de ses sujets était indéniable. Maddi n'eut que quelques secondes pour vérifier son maquillage avant de descendre à son tour. Elle avait déjà assisté à de tels événements avec Laia, mais sans en être le point de mire. En tant que princesse, elle devait avoir l'air rompue à l'exercice.

Une main dans le creux de son dos, Aristedes l'entraîna vers le grand escalier.

7

Ari avait la tête ailleurs. Ce n'était pas un problème. La force de l'habitude compensait son manque de concentration. La raison de sa distraction discutait à quelques mètres de là avec l'épouse de l'ambassadeur français.

Il avait insisté pour que Maddi le laisse faire la conversation, au cas où quelqu'un nourrisse des soupçons en passant trop de temps avec elle. Cependant, peu de personnes parmi les invités présents avaient déjà rencontré la princesse en personne. Et Maddi lui ressemblait assez pour faire illusion.

Une ressemblance qui ne laissait pas d'intriguer Ari. S'agissait-il vraiment d'une banale coïncidence ? Juste parce qu'elles venaient du même endroit ? Il n'avait toujours pas de retour de son ami Antonio Chatsfield. Ce silence l'étonnait. Peut-être devrait-il le relancer ?

Il prit congé du groupe qui l'entourait et rejoignit Maddi. Elle tressaillit légèrement lorsqu'il lui effleura le bras. Comme sous l'effet d'une décharge électrique. Sa décision était prise. Ce soir, il la ferait sienne. Alors peut-être cesserait-elle d'avoir une telle emprise sur lui...

— Elle n'est jamais venue à Santanger ou à Isla'Rosa avant. Elle ne connaît pas la princesse Laia.

Maddi était vexée qu'Aristedes ait interrompu sa discussion avec la femme de l'ambassadeur français.

— Ce n'est pas pour cela que je suis venu vous chercher.

— Pour quoi, alors ?

— L'étiquette veut que nous ouvrions le bal.

L'angoisse l'étreignit comme ils entraient dans une autre salle, où les mesures d'une valse les enveloppèrent. Laia lui avait raconté les interminables leçons de danse qu'elle avait dû endurer en grandissant.

— Je n'ai jamais valsé de ma vie. J'ignore ce que je suis censée faire, chuchota-t-elle.

Si certains la soupçonnaient de ne pas être la princesse, ils en auraient confirmation en la voyant marcher sur les pieds du roi. Mais Aristedes balaya ses inquiétudes.

— Tout ira bien. Détendez-vous et laissez-vous guider.

Qu'elle se détende ? En dansant pour la première fois sous les yeux de centaines de gens ? Il positionna un bras haut dans son dos tandis que son autre main tenait la sienne à hauteur d'épaule.

— Détendez-vous, répéta-t-il. Ne regardez que moi.

C'était encore pire ! Mais elle suivit son conseil, et le monde se réduisit à Aristedes. À ses yeux d'ébène dans lesquels elle se noyait…

— Est-ce que certains vous appellent Ari ? demanda-t-elle à brûle-pourpoint.

— Oui, mon frère. Ma mère aussi autrefois. Certaines femmes essaient, pour forcer une intimité dont je ne veux pas.

— Comment osent-elles ? ironisa Maddi.

Elle et Aristedes tournoyaient sur la piste avec une aisance qui la surprit. D'autres couples les avaient rejoints, si bien qu'elle commença à se relaxer.

— Ces femmes… Y en a-t-il eu beaucoup ?

Il haussa un sourcil.

— Me demandez-vous combien d'amantes j'ai eues ?

— Pas du tout !

Si. En avait-il une en ce moment ?

— Vous êtes très indiscrète.

— Désolée. J'ai tendance à parler sans réfléchir.

Une ombre de sourire plana sur les lèvres d'Aristedes. Maddi rosit de plaisir. Elle aimait le faire sourire, même un tout petit peu.

— J'en ai eu un certain nombre. Je ne pratique pas l'abstinence, répondit-il. Mais jamais je ne bafouerai mes vœux de mariage. Je serai fidèle à ma future femme.

Sa soudaine véhémence l'interloqua.

— Même si vous n'êtes pas... attiré par elle ?

Il avait lui-même admis, à demi-mot, n'avoir aucune inclination pour Laia.

— Les mariages dynastiques s'établissent sur des fondations plus solides qu'une simple attirance.

— Comme celui de vos parents ?

Elle vit sa mâchoire se crisper et le sentit se raidir.

— Oubliez ce que je viens de dire. Je pose trop de questions.

Il ne parut pas l'entendre.

— En théorie, oui. C'était un mariage arrangé, précisa-t-il. Mais ma mère est tombée amoureuse et mon père, non. Il avait de nombreuses liaisons. Ce n'était un secret pour personne. Il les exhibait sous son nez, comme pour la punir d'avoir été assez stupide pour l'aimer. Cela l'a détruite.

Son regard se planta dans le sien.

— C'est pourquoi je serai fidèle à ma reine. Aucune femme ne mérite de subir ce que mon père a infligé à ma mère simplement parce qu'il était incapable de se contrôler.

« Parce qu'il était faible. » C'était le sous-entendu. Sa droiture toucha Maddi.

— Assister à cela a dû être difficile, murmura-t-elle.

— Surtout pour mon frère. Il était proche de ma mère. Moi, j'étais accaparé par mes responsabilités de futur roi. Elle se reposait beaucoup sur lui. Trop, sans doute.

Maddi garda le silence. Ces confidences jetaient un jour nouveau sur le prince Dax. Elle savait ce que c'était de grandir auprès d'une mère anéantie par un amour à sens unique. Au moins, la sienne avait su remonter la pente et tourner la page.

— Que lui est-il arrivé ? demanda-t-elle.

— Elle est décédée dans un accident de voiture quand j'avais dix-sept ans et Dax, quinze.

Aristedes et son frère avaient donc perdu leurs deux parents à un an d'intervalle.

— Je suis désolée. Cela a dû être très dur.

— D'autres questions ?

Elle secoua la tête.

— Je comprends pourquoi vous préférez un mariage sans passion, dit-elle. Mais on ne contrôle pas les émotions des autres. Et si votre femme tombe amoureuse de vous ?

Il eut un sourire sans joie.

— Tout semble indiquer que ce ne sera pas le cas.

Rendait-il les armes ? Reconnaissait-il enfin que Laia n'avait aucun désir de l'épouser ?

— La passion ne dure pas, ajouta-t-il. Même si elle donne du piment à un mariage, elle finit toujours par s'éteindre.

Maddi chercha en vain des exemples de relations passionnées ayant résisté à l'épreuve du temps.

— Vous êtes très cynique, conclut-elle.

— Vous le seriez aussi si vous aviez grandi dans mon monde. Courir après le grand amour est une perte de temps.

Maddi était d'accord dans une certaine mesure. Elle avait toujours eu une vision pragmatique des relations amoureuses, en partie pour avoir vu sa propre mère choisir de refaire sa vie avec un homme présent et attentionné plutôt que de s'accrocher à un conte de fées. Mais la suffisance d'Aristedes la poussa à riposter.

— Facile à dire quand on n'a jamais été amoureux…

— Qu'en savez-vous ? répliqua-t-il. Peut-être est-ce un chagrin d'amour qui m'a rendu cynique.

La jalousie lui mordit le cœur à l'idée qu'une femme puisse capturer le cœur d'Aristedes.

— Il faut le voir pour le croire, railla-t-elle.

Il ne s'abaissa pas à répondre.

— Et vous, avez-vous déjà été amoureuse ? questionna-t-il.

Maddi secoua la tête.

— Non. À vrai dire, je partage votre vision des choses. Mais je n'ai pas l'arrogance de me croire immunisée.

— Je suis simplement réaliste.

Le morceau touchait à sa fin. Alors qu'un autre commençait, ils restèrent là, immobiles, les yeux dans les yeux.

— Au fait, vous pouvez m'appeler Ari.

Une volute de chaleur s'épanouit dans le ventre de Maddi.

— Ne craignez-vous pas que je cherche à forcer une intimité indésirable ?

— Non. Vous n'êtes pas comme les autres femmes. Nous savons tous les deux ce qu'il y a entre nous.

Le cœur de Maddi s'emballa. Pas comme les autres femmes ? Elle décida de le prendre comme un compliment.

— Et qu'y a-t-il entre nous exactement ?

L'orchestre avait entamé un air aux accents plus jazz. Ils se remirent à danser.

— Une rare alchimie que ni vous ni moi n'avions vue venir.

En effet. Maddi n'avait pas anticipé qu'elle resterait à Santanger à jouer le rôle de sa sœur. Son plan s'était borné à permettre à Laia de prendre la fuite. Ses yeux glissèrent vers la bouche d'Aristedes.

— Si vous continuez à me regarder ainsi, je vais être tenté de déroger au protocole.

Elle fronça les sourcils.

— Quel protocole ?

— Pas de démonstration publique d'intimité avant le mariage.

— Nous n'allons pas nous marier, objecta-t-elle.

— Vous et moi le savons. Mais pas eux...

Maddi se rappela soudain qu'ils n'étaient pas seuls. L'intérêt à leur égard était palpable. D'autres couples virevoltaient autour d'eux en les observant à la dérobée. Elle aurait voulu enfouir son visage contre l'épaule d'Aristedes. Ne pouvaient-ils pas s'en aller ?

Comme lisant dans ses pensées, Ari murmura :

— J'aimerais beaucoup, mais c'est trop tôt. Nous avons d'autres gens importants à saluer.

Maddi connaissait la musique. Ces événements étaient des épreuves d'endurance, où Laia l'avait éblouie par sa patience inépuisable. C'était son tour, à présent. Ce soir était un test décisif, qui déterminerait si, oui ou non, elle avait l'étoffe d'une princesse.

Quelques heures plus tard, Maddi avait atteint le point critique. Ses pieds et ses zygomatiques lui faisaient souffrir le martyre. Sa tête, farcie des noms et fonctions de toutes les personnes qu'elle avait rencontrées, allait éclater.

Un assistant du roi s'approcha et lui murmura quelques mots à l'oreille d'Ari. Celui-ci plaça une main sous son coude.

— Prête à rentrer ?

Maddi faillit pleurer de bonheur.

— Oui, s'il vous plaît.

— Essayez de ne pas avoir l'air trop soulagée.

Elle maintint sa façade souriante tandis qu'ils quittaient le bal, puis l'édifice, suivis par leurs gardes du corps. Leur voiture les attendait au pied du perron. Lorsqu'ils furent seuls sur la banquette arrière, la vitre de séparation remontée, elle poussa un soupir.

— Est-ce qu'on finit par s'habituer à ce genre de chose ?

— C'est un devoir et un privilège, Maddi.

— C'est ce que Laia… enfin, la princesse Laia dit aussi.

— Vous êtes proche d'elle.

Ce n'était pas une question.

— Oui. C'est ma meilleure amie, confia-t-elle. Même si nous ne nous connaissons que depuis un an.

— Vous lui êtes loyale, envers et contre tout.

Maddi se sentit mal à l'aise. L'était-elle vraiment ? Elle convoitait l'homme promis à sa propre sœur. Peu importait que Laia n'ait aucune intention de l'épouser.

La voiture roulait à travers les rues de Santanger. Les magasins restaient ouverts tard et les gens flânaient dans les rues. Les terrasses des restaurants étaient prises d'assaut. Dans la marina, les yachts illuminés de guirlandes électriques se balançaient doucement sur l'eau. Une lune quasi pleine baignait la ville de sa lumière opalescente.

Une inexplicable mélancolie s'empara de Maddi. Elle aurait voulu… Quoi ? La réponse s'imposa avec la force de l'évidence. Elle aurait voulu être là *pour de vrai*. Pouvoir être vraiment elle-même avec cet homme, sans se cacher derrière Laia. Personne n'avait réalisé qu'elle n'était pas la princesse, et elle se sentait… invisible.

— Maddi ?

Elle ravala la boule qui s'était formée dans sa gorge. Qu'est-ce qui n'allait pas chez elle ?

Aristedes lui prit la main.

— Maddi, qu'y a-t-il ? La soirée était-elle trop pour vous ?

— Non, pas du tout, se hâta-t-elle de le rassurer. Je me disais juste que c'était magnifique, ici. Vous avez un très beau pays.

— C'est vrai. J'ai beaucoup de chance.

— Ari… Vous me voyez, n'est-ce pas ?

Elle baissa la tête, embarrassée. Aristedes fronça les sourcils.

— Bien sûr que je vous vois. Vous êtes assise juste là.

— Non, je veux dire… Vous me voyez, moi, Maddi Smith. Pas la princesse Laia.

Ari comprenait exactement ce que Maddi voulait dire. Lui aussi avait déjà eu cette sensation. Que les gens ne voyaient que le roi Aristedes. Pas l'homme derrière le monarque.

— À la seconde où j'ai su que vous n'étiez pas la princesse, je n'ai vu que vous.

Maddi était franche et spontanée, la tête un peu dans les nuages. Laia, telle qu'il se souvenait d'elle, était plus réservée. Le résultat de son éducation, sans doute. Jamais elle ne le bombarderait de questions comme le faisait Maddi avec une candeur juvénile.

Questions auxquelles il avait répondu, au lieu de couper court comme à son habitude.

Un malaise s'insinua en lui. Il lui en avait trop dit. L'histoire de ses parents était un secret de Polichinelle au sein du palais. Mais pas auprès du public. Maddi n'était rien d'autre qu'un cheval de Troie. Depuis qu'elle s'était substituée à la princesse, Ari prenait conscience des réticences de Laia à l'épouser. Jour après jour, l'avenir qu'il croyait gravé dans le marbre devenait moins concret. D'autant qu'il s'apprêtait à agir d'une façon contraire à son caractère, au mépris de toute prudence.

Mais dans l'immédiat, il était trop captivé par Maddi pour s'en soucier autant qu'il l'aurait dû. Dans ses yeux vert-noisette brillait une émotion qu'il ressentait aussi, sans parvenir à la nommer. Peu importait, car ce qu'il voulait était purement charnel. Il l'attira à lui. Son parfum, léger et entêtant à la fois, lui titillait les narines.

— J'ai envie de vous, Maddi.

C'était la vérité, pure et simple. La jeune femme était encore plus belle quand elle rougissait.

— Avons-nous le droit ? balbutia-t-elle.

Ari réprima un sourire. Comme s'ils devaient des comptes à une instance supérieure. N'importe quelle autre femme aurait saisi sa chance sans se poser de question.

— En public, nous devons être chastes. Mais au palais, nous sommes libres de nos actes, tant que nous restons discrets. Après ce dont les employés ont été témoins avec mon père, ce n'est pas notre liaison qui les fera sourciller.

— Une liaison ?

— Nous sommes deux adultes consentants, Maddi. Je ne suis pas encore marié.

— Mais vous projetez toujours d'épouser Laia.

Était-ce encore d'actualité ? Ses doutes grandissaient de jour en jour. Mais il n'allait pas l'avouer à la femme même qui était venue semer le chaos dans sa vie.

— Nous avons un accord, dit-il. Si elle revient à la raison, alors oui, je l'épouserai. Sinon, je choisirai une autre fiancée de sang royal. Quoi qu'il arrive, je me marierai. C'est mon devoir.

— Votre future femme doit être de sang royal ?

Il opina du chef. Pourquoi parler de cela ? Le futur était le futur. Il s'intéressait beaucoup plus au présent. Sa conscience le poussa néanmoins à ajouter :

— Entre nous, cela n'ira jamais plus loin, Maddi. Vous le savez. J'épouserai une femme de mon rang et lui serai fidèle. Notre relation ne peut être qu'éphémère.

Ils étaient arrivés dans la cour du palais, où le personnel se tenait prêt à entrer en action. Maddi se dégagea. Elle prenait ses distances, physiquement et émotionnellement, il le sentait. Ari fit un signe discret au majordome pour lui signifier d'attendre. Il était assez cynique pour comprendre ce qui se passait : maintenant qu'elle savait qu'elle ne deviendrait jamais sa maîtresse officielle, Maddi cherchait un autre profit à tirer de leur liaison. Toutes ses amantes agissaient ainsi. En général au moment où il rompait.

— Je ne sais pas si c'est une bonne idée, bredouilla-t-elle. Notre situation est... compliquée.

Il réprima sa déception. Dire qu'il l'avait crue différente... Quel imbécile. Elle se jouait de lui depuis le début.

Il se laissa aller contre le dossier du siège.

— Que voulez-vous exactement, Maddi ?

Un pli perplexe barra son front.

— De quoi parlez-vous ?

— De votre petit jeu à présent que vous connaissez tous les paramètres.

Son visage pâlit.

— Quel petit jeu ? Je ne connais même pas les règles.

— Étonnant de la part de quelqu'un qui a travaillé dans un casino...

Le choc se peignit sur ses traits. Elle recula à l'autre bout de la banquette.

— Vous savez quoi ? J'ai changé d'avis. Vous êtes le dernier homme au monde avec qui j'aurais une liaison. Je n'ai jamais rencontré quelqu'un d'aussi mufle que…

Sa portière s'ouvrit brusquement. Elle bascula en arrière en se rattrapant in extremis. Un jeune domestique n'avait visiblement pas saisi le message. Ari jura alors que Maddi, toute élégance princière oubliée, descendait tant bien que mal de voiture. Il avait commis une erreur. Pire, il l'avait blessée. Il l'avait lu dans ses yeux. Le temps qu'il sorte et la rattrape, elle bouillonnait de colère. Il glissa une main sous son coude.

— Avancez sans faire de scène, lui intima-t-il à l'oreille.

Par miracle, elle obéit. Dans ses appartements, il congédia son valet pour la nuit. À la seconde où ils furent seuls, Maddi se dégagea violemment.

— Comment osez-vous m'accuser de manigances ?

Elle leva le menton.

— J'ai grandi avec juste de quoi m'en sortir une fois mes études payées. J'ai travaillé pour chaque centime que j'ai gagné et continue à le faire. Je n'ai besoin de l'aumône de personne.

Le ventre d'Ari se noua. Soit elle était une actrice de premier ordre, soit il s'était complètement fourvoyé à son sujet. Il se passa une main dans les cheveux. S'excuser n'était pas vraiment son fort.

— D'accord, il se peut que j'aie mal interprété la situation…

— Non, vous croyez ?

Elle lui faisait face, les poings sur les hanches. Il la revit le premier soir, lorsqu'elle avait jeté son téléphone par la fenêtre. Fière et insoumise, comme maintenant. *Dios*, elle était tellement belle quand elle lui tenait tête !

Il eut un geste de conciliation.

— Je suis désolé. Je me suis trompé. C'est juste que j'ai tellement l'habitude qu'on veuille quelque chose de moi…

La jeune femme se radoucit. Elle croisa les bras sur sa voluptueuse poitrine. Ari garda vaillamment les yeux levés.

— Je peux comprendre, dit-elle en soupirant. Vous êtes roi et possédez une grande fortune. Tout le monde n'est pas aussi…

— Innocent que vous ?

Elle blêmit à ces mots. Il se précipita vers elle.

— Qu'y a-t-il ? Qu'ai-je dit ?

Elle secoua la tête.

— Rien. Écoutez, tout ce que je veux, c'est que vous laissiez Laia tranquille. Rien d'autre.

— Vous mentez.

Ses yeux vert-noisette lancèrent des éclairs.

— Mais enfin, que dois-je faire pour que vous me croyiez ? Je ne veux rien de vous !

Ari tendit la main et enleva l'épingle retenant ses cheveux, qui dégringolèrent en vagues soyeuses sur ses épaules. Ses yeux s'agrandirent. Elle avait saisi où il voulait en venir.

— D'accord, capitula-t-elle. Il y a bien quelque chose que je veux...

— Dites-moi.

Être si près sans la toucher frôlait le supplice. Elle leva les yeux vers lui. Son self-control fondait comme neige au soleil. Avait-elle la moindre idée de l'effet qu'elle lui faisait avec ce regard provocant, oscillant entre désir et autre chose qu'il ne parvenait pas à cerner ? Elle prit une grande inspiration :

— Je veux que vous m'embrassiez et me fassiez l'amour, Ari.

— Moi aussi, j'en ai envie, Maddi. Je n'ai jamais désiré personne comme vous.

— Inutile d'en faire autant, murmura-t-elle. Je sais à quoi m'en tenir. Vous avez été très clair là-dessus.

Mais il n'aurait pu retenir ses mots même s'il l'avait voulu. Maddi lui faisait dire des choses qu'il n'aurait jamais pensé dire à qui que ce soit. Il traça de l'index la ligne de sa mâchoire, délicate, mais volontaire. La jeune femme frissonna.

Et le désir explosa dans ses veines.

8

Quelques minutes plus tôt, Maddi fulminait contre cet homme et à présent…

À présent, elle se consumait sous sa caresse. Il l'avait prise pour une profiteuse. S'il ne s'était pas sincèrement excusé, elle ne serait plus là. Mais elle avait le sentiment d'avoir déclenché chez lui une sorte de mécanisme de défense bien rodé.

Le même qu'avec toutes ses amantes.

Elle chassa cette pensée. Elle n'était pas différente, elle le savait. Mais là, tout de suite, elle s'en moquait. Elle avait envie de lui. Désespérément. Elle voulait qu'il soit son premier. Quand il avait plaisanté sur son innocence, elle avait failli se trahir. Devinerait-il qu'elle était vierge ? Il n'y avait pas de raison, si ?

Les yeux dans les siens, il défit son nœud papillon et le jeta dans un fauteuil. Puis il déboutonna son col, dévoilant un triangle de peau mate ombré d'un duvet viril. Elle avala sa salive. Était-elle vraiment prête pour un homme comme Aristedes ? Il se faisait une fausse image d'elle. Il était évident qu'il la prenait pour une femme expérimentée. Il s'attendait à ce qu'elle le suive dans sa chambre en sachant exactement comment lui donner du plaisir. C'était ce qu'elle voulait, elle aussi. Sauf qu'elle n'avait aucune idée de comment s'y prendre. Et si elle le décevait ?

Prise de panique, elle recula en trébuchant.

— Je… je suis désolée, Ari. Je vous jure que je ne joue pas. Mais je ne crois vraiment pas que ce soit une bonne idée.

Le visage d'Aristedes se vida de toute expression, comme figé en un masque impassible.

— Comme vous voulez, dit-il. Si vous changez d'avis, vous savez où me trouver.

Sur ces mots, il disparut dans sa chambre.

De retour dans sa suite, Maddi s'appuya dos à la porte et se laissa glisser par terre, rattrapée par le regret.

Ari ne voyait qu'elle. C'était ce qu'il lui avait dit. Son cynisme l'avait brièvement aveuglé, mais il la désirait. Elle, Maddi.

Toute sa vie, elle s'était sentie invisible. La tristesse de sa mère lui collait à la peau. Elle s'en sentait responsable, alors elle se faisait toute petite pour ne pas en rajouter. Elle avait appris à ne pas poser de questions sur son père. Mais elle avait passé des heures à regarder des photos de lui en ligne. De Laia aussi, fascinée par leur ressemblance, tout en mesurant le gouffre qui les séparait.

Elle avait toujours envié à sa sœur sa relation avec leur père. Une photo sur Internet les montrait tous les deux sur un bateau en train de pêcher. Laia devait avoir dans les dix ans. Elle riait aux éclats, le visage levé vers le roi, qui lui souriait avec tendresse. Maddi avait imprimé la photo et l'avait gardée pendant des années. Un rappel doux-amer que leur père n'avait jamais souhaité la connaître. Lorsqu'elle en avait parlé à sa sœur, Laia avait pleuré.

Elle jeta ses escarpins dans un coin et entra pieds nus dans le dressing. Un à un, elle rangea ses bijoux dans leur écrin. Elle avait l'esprit en ébullition. Bon courage pour réussir à fermer l'œil. Les joues rosies, les pupilles dilatées… Son reflet dans la glace trahissait sa frustration. Le désir pulsait entre ses reins, inassouvi. Dire qu'elle avait planté le roi… Après l'avoir rabroué sur sa muflerie ! Et il avait reconnu ses torts !

Elle le désirait et lui aussi. Serait-ce vraiment si égoïste d'agir en conséquence ? De saisir cette chance, prête ou non ? De savourer ce moment rien que pour elle ? Où était le mal à offrir son innocence à l'homme qui avait éveillé dans son être la plus vibrante des passions ?

Bientôt, elle devrait quitter Santanger. Elle ne reverrait jamais Aristedes. C'était couru d'avance : son mariage avec Laia n'aurait pas lieu. Laia le rallierait à sa cause en faveur d'un accord de paix plus moderne. Maddi en était convaincue. Il s'y résignerait, puis passerait à autre chose en se choisissant une nouvelle fiancée de sang royal qui lui donnerait les héritiers attendus. Peut-être y aurait-il une attirance mutuelle entre lui et sa reine. Peut-être même en tomberait-il amoureux, quoi qu'il en dise.

Toi aussi, tu es de sang royal.

Elle eut un temps d'arrêt. Elle était une princesse. Incognito, mais… Si elle avouait à Ari qu'elle était également princesse d'Isla'Rosa, ne pourrait-il envisager de l'épouser, elle, au lieu de Laia ?

Elle surprit son sourire béat dans le miroir. Bon sang, qu'est-ce qui ne tournait pas rond chez elle ? Elle le connaissait depuis moins d'une semaine ! D'accord, il lui plaisait. Mais de là à s'offrir comme épouse royale de substitution ? Avant même que le peuple d'Isla'Rosa n'apprenne qui elle était ? Ari était un homme cynique au point de s'accommoder d'un mariage platonique, sans effusions ni scandales, tant que la lignée royale était assurée pour les générations futures. Et elle… Elle n'était pas prête à être reine. Ou même princesse. Rien ne garantissait qu'il la choisisse, même si elle était de sang royal.

Sa poitrine se comprima. Elle ne supporterait pas d'être rejetée de nouveau. Peut-être avait-elle semé le doute dans l'esprit d'Ari quant à son mariage avec Laia. Mais elle ne prendrait pas le risque de lui révéler sa véritable identité. Il pourrait s'en servir pour faire revenir Laia. Ou lui couper l'herbe sous le pied et créer un scandale à Isla'Rosa en dévoilant publiquement qui elle était vraiment. C'était à Laia qu'il revenait de la présenter au monde comme sa sœur. Maddi ne ferait rien qui aille à l'encontre de sa volonté. Par loyauté envers elle, et envers Isla'Rosa.

En attendant, Aristedes avait raison : elle voulait bien quelque chose de lui. Il leur restait si peu de temps… Ari n'allait-il pas la détester lorsqu'il découvrirait son identité ? Il ne comprendrait pas qu'elle-même peinait encore à s'y habituer. Elle ne se sentait pas de sang royal. Pas tant que Laia ne l'aurait pas officiellement reconnue comme princesse d'Isla'Rosa. Alors devenir reine de Santanger à la place de sa sœur ? Non, elle pouvait oublier. Comme elle avait renoncé à croire au grand amour après avoir gâché celui de sa mère.

Elle n'était qu'une fille ordinaire. Alors pourquoi ne pas en profiter ? Elle regretterait toute sa vie de ne pas avoir saisi sa chance d'être avec Aristedes. De s'initier avec lui aux arcanes du plaisir charnel. C'était avec Ari qu'elle voulait devenir femme. Lui et personne d'autre.

Sa décision prise, elle tourna le dos au miroir et quitta sa suite. Le désir guida ses pas jusqu'aux appartements royaux. Sans poser de question, l'un des gardes lui ouvrit la porte. Ce qui ne pouvait signifier qu'une chose : Ari leur avait donné l'ordre de la laisser entrer si elle revenait.

Le silence régnait dans le salon, où une lampe diffusait un éclairage feutré. Une autre lumière filtrait par une porte entrebâillée. Maddi s'en approcha. La chambre du roi. Ses vêtements gisaient pêle-mêle dans un fauteuil. Un nuage de vapeur s'échappait de la salle de bains contiguë. Ari en émergea, la tête baissée, en train de nouer une serviette autour de ses hanches.

Maddi retint son souffle. D'eux-mêmes, ses yeux suivirent les lignes de ses pectoraux musclés, vers des tablettes de chocolat bien dessinées, tout en sillons et méplats. Pas une once de graisse nulle part. Sa peau mate luisait, encore humide. Il était vraiment la perfection faite homme.

— Vous êtes revenue ?

Maddi releva la tête. Il l'avait vue et la regardait, dans l'expectative.

— Je… Oui.

— Venez.

Maddi marcha vers lui. Il promena un doigt le long de sa joue.

— Vous êtes vraiment là, souffla-t-il.

Comme s'il n'en croyait pas ses yeux. Il n'avait donc pas eu la certitude qu'elle revienne. Maddi puisait un certain réconfort dans le fait qu'ils soient aussi dépassés l'un que l'autre.

Incapable de résister, elle posa une main sur son torse. Il était chaud et dur comme le roc. Son cœur cognait contre sa paume. Fort. Elle effleura un mamelon du doigt et sentit Ari frémir. Sa main vint envelopper la sienne.

— Pieds nus, murmura-t-il en baissant les yeux.

Son sourire libéra une nuée de papillons dans le ventre de Maddi. Il pencha la tête et leurs lèvres se frôlèrent. Un baiser léger, tout en retenue, pour se réapprivoiser en douceur. Mais Maddi voulait plus. Elle dégagea sa main et s'accrocha à son cou en se collant à lui. La chaleur de son corps se communiquait au sien à travers le tissu de sa robe. Ses seins étaient lourds dans l'étroit bustier.

Leur baiser s'approfondit. La main d'Ari se referma sur sa nuque, en même temps que son autre bras l'enlaçait. Tant mieux, car ses jambes la portaient à peine. Leurs bouches s'exploraient langoureusement, avides l'une de l'autre. Enhardie, elle lui mordit la lèvre inférieure, avant d'atténuer la douleur en faisant courir sa langue dessus. Un grognement appréciateur s'éleva de la gorge d'Ari.

Ils firent une pause pour reprendre leur souffle. Maddi cilla, hébétée. Le désir sans fard dans les yeux d'Ari raviva ses doutes. Devait-elle lui dire qu'elle n'avait aucune expérience ? Elle imagina son expression choquée, voire dégoûtée. Non, pas question de prendre ce risque. Tant pis si c'était égoïste. Qui sait, peut-être ne s'apercevrait-il de rien ?

— Tournez-vous, ordonna-t-il.

Elle obéit. Il déplaça ses cheveux sur une épaule, et elle sentit un index longer une omoplate, puis descendre lentement le long de son dos, avant de remonter. Un frisson d'anticipation la parcourut. Ari était un maître en séduction. Il avait une longue pratique derrière lui. Même s'il la désirait, quelle chance avait-elle de lui faire la moindre impression ?

La question déserta son esprit comme les doigts d'Ari trouvaient la fermeture Eclair. Elle cessa de respirer. Il la fit glisser jusqu'en bas, à l'orée de ses fesses. Le bustier s'affaissa sur sa poitrine. Puis il tira sur la robe et elle tomba sur ses chevilles dans un froufrou de mousseline de soie. Maddi ne portait plus qu'un bandeau en dentelle et une culotte assortie. Ari se plaça devant elle pour l'admirer.

— Respirez, Maddi.

Plus facile à dire qu'à faire. Ses yeux caressaient ses seins, son ventre, déambulaient le long de ses hanches et de ses jambes, marquant sa peau au fer rouge partout où ils s'attardaient.

— Vous êtes absolument sublime.

Maddi déglutit.

— Vous aussi.

Elle serra les poings pour s'empêcher de le toucher, timide tout à coup. Ari glissa une main dans son dos et dégrafa son soutien-gorge, avec une telle habileté qu'elle ne réalisa ce qu'il avait fait qu'en sentant l'air frais sur sa poitrine. Le bandeau de dentelle gisait par terre. Le regard brillant de convoitise, Ari moula ses seins au creux de ses paumes. Maddi tremblait. Elle dut se cramponner à lui pour ne pas défaillir lorsque ses pouces se mirent à jouer avec ses tétons durcis. *Oh ! Seigneur.*

— Ari...

Voulait-elle que le supplice s'arrête ? Ou qu'il continue encore et encore ? Elle-même n'aurait su le dire.

Il eut un sourire en coin.

— Oui ?

— Je...

Aucun son cohérent ne sortait de sa bouche. Ari la prit en pitié et la guida vers le lit.

— Allongez-vous.

Elle ne se fit pas prier. Son regard coula vers la bosse sous la serviette. Une chaleur humide fusa entre ses cuisses. Mais Ari s'étendait déjà sur elle, en appui sur ses avant-bras. C'était plus fort qu'elle, il fallait qu'elle le touche. Ses doigts tracèrent ses biceps bandés. Partirent à la conquête de son torse. Le souffle tiède d'Ari balayait son cou. Il y imprima les lèvres, qui s'égarèrent ensuite entre ses clavicules, avant de plonger dans la vallée de ses seins. Maddi se cambra comme sa langue roulait sur un téton sensible. Puis il l'aspira dans sa bouche et le suça avec gourmandise. Des ondes de volupté se répandaient dans tout son être. Pendant qu'elle côtoyait le septième ciel, la main d'Ari se faufilait vers sa petite culotte. Il y eut un bruit de tissu déchiré, et elle se retrouva entièrement nue. À sa merci. Implorante, sans vraiment savoir ce qu'elle réclamait.

Elle le sut en sentant un doigt s'introduire en elle. Au cœur de son désir. Un grognement guttural perça le brouillard de sensations qui l'enveloppait.

— J'ai envie de vous dévorer...

Joignant le geste à la parole, il retira sa main pour lui écarter les jambes. Maddi leva la tête, à temps pour voir la sienne disparaître entre ses cuisses, qu'il se mit à parsemer de baisers, en remontant toujours plus haut. Lorsqu'il atteignit son mont de Vénus, elle perdit pied. Elle pantelait sous les assauts sensuels de sa langue. Qui aurait cru qu'une telle jouissance pût exister ? Pas elle. Une nouvelle caresse, et l'orgasme l'emporta, en vagues successives qui semblaient ne jamais devoir s'arrêter.

Peu à peu, le plaisir retomba. Alors que mouraient les derniers spasmes, elle se redressa sur ses coudes. Ari s'était levé du lit. Les yeux dans les siens, il dénoua sa serviette. Un son échappa à Maddi, entre soupir et gémissement. Il était époustouflant. Un homme dans la fleur de l'âge, dans toute son éclatante virilité. Une délicieuse fièvre s'empara de Maddi. Hypnotisée, elle le regarda sortir un préservatif du tiroir de la table de nuit et le mettre en place. Au moins un d'entre eux était encore capable de raison.

Il vint s'allonger sur elle, cette fois en se plaçant entre ses jambes. Le cœur de Maddi battait à cent à l'heure. Elle se remettait à peine de son premier orgasme qu'une tension familière enflait de nouveau en elle. Ari lui caressa un sein, puis l'autre. Il n'en fallut pas plus pour attiser le feu couvant entre ses cuisses. Là où sa main opérait maintenant sa magie. Mon Dieu, comment faisait-il cela ? Maddi se pâmait, ivre de désir.

Les yeux d'Ari s'assombrirent.

— Tu es si réactive, *amada*...

Qu'attendait-il pour lui donner ce qu'elle voulait ? Elle allait le supplier quand il s'interrompit afin d'ajuster sa position. Son membre puissant palpitait contre elle, sur le point d'investir son corps. Elle l'invita en roulant du bassin, et Ari la pénétra d'un coup. Un cri lui monta à la gorge. Par réflexe, ses mains agrippèrent les hanches d'Ari pour l'arrêter. Il était si massif ! Sa chair résistait, étirée au-delà de ses limites. Ari s'immobilisa.

— Maddi... ?

D'instinct, elle sut que la douleur ne diminuerait que si elle bougeait. Ari s'enfonça un peu plus. Il allait et venait lentement, le temps que leurs corps s'habituent l'un à l'autre. L'inconfort se mua en ardentes sensations. Lorsqu'il accéléra le rythme, elle l'accompagna, parce qu'elle voulait plus, pour elle et pour lui. Le plaisir montait, inexorable, jusqu'à ce qu'il touche ce point sensible entre tous qui la fit basculer dans l'abîme. Elle cria sous la force de l'extase, cramponnée à ses épaules, jambes nouées autour de lui tandis que ses mouvements devenaient plus intenses, plus effrénés. Il se figea, et elle le sentit se déverser en elle. Épuisée, elle lâcha prise, absorbant l'onde de choc qui se répercutait à l'infini dans son corps rassasié.

Ari s'extirpa à regret des bras de Maddi. Les yeux clos, ses longs cheveux bruns étalés sur l'oreille, elle offrait une vision d'un érotisme inouï. Jamais le sexe ne l'avait autant bouleversé. Il avait beau chercher, aucune femme ne lui avait fait perdre la tête au point que le monde puisse s'écrouler sans qu'il s'en aperçoive.

Il se leva et sortit sans bruit sur la terrasse, privée et à l'abri des regards. La fraîcheur nocturne hérissait sa peau de chair de poule tandis qu'il humait l'air salé à pleins poumons. Un bruit le fit se retourner. Assise dans le lit, Maddi le regardait, échevelée et sexy en diable. Il vit ses yeux descendre et s'agrandir. Son corps en redemandait. C'était tentant, mais il résisterait. Cette femme qui mettait sa vie sens dessus dessous cachait encore des secrets. Il en était certain.

Maddi éprouvait un soudain accès de timidité. C'était absurde, après ce qu'ils venaient de partager. Était-ce bien réel ? Elle avait l'impression de rêver, submergée par ce qui lui arrivait.

L'air frais la fit frissonner. Ari se tenait devant la porte-fenêtre, entièrement nu. Son corps sculpté frôlait le chef-d'œuvre. Jamais elle n'oserait s'exhiber de la sorte. Mais lui n'avait aucune inhibition. Il s'approcha du lit et lui tendit la main.

— Viens.

Maddi le suivit dans la salle de bains, encore sonnée après ses deux orgasmes. Ari ouvrit le jet de la douche, puis la fit entrer avec lui dans la cabine noyée de vapeur. L'eau chaude les enveloppait tel un rideau. Il versa une noisette de gel dans sa paume, se plaça derrière elle et se mit à lui savonner le corps sous toutes les coutures, avec des gestes d'une grande douceur. Maddi se laissait faire. Elle n'avait pas vraiment songé à l'après en le rejoignant dans sa suite. Mais jamais elle ne se serait attendue à cela... À ces ablutions pleines de tendresse.

Il passa au shampoing et lui massa doucement le cuir chevelu. C'était si agréable... Maddi n'était pas loin de s'abandonner contre lui quand il la rinça de la tête aux pieds, puis ferma le robinet. Le nuage de vapeur se dissipa. Ari lui tendit une large serviette qu'elle drapa autour d'elle en la nouant sur sa poitrine. Ils n'avaient pas échangé un mot. Pendant qu'il se séchait vigoureusement, elle enroula ses longs cheveux dans une seconde serviette à la manière d'un turban.

Il regagna la chambre le premier. Lorsqu'elle le rejoignit peu après, il avait passé un pantalon de jogging, accroché bas sur ses hanches.

Son regard se planta dans le sien.

— Pourquoi ne m'as-tu pas dit que tu étais vierge ?

9

Ari croisa les bras, en partie pour s'empêcher de lui arracher sa serviette et la ramener au lit. Il sentait encore ses longues jambes galbées autour de lui tandis qu'il plongeait en elle jusqu'à la garde… Sa mâchoire se serra.

La question planait dans le silence. Maddi avait pâli.

— Je pensais que tu ne t'en apercevrais pas, bredouilla-t-elle.

Entre eux, cela avait été un feu d'artifice. Une osmose d'une rare intensité. Pourquoi cela le rendait-il encore plus irritable ?

— Quel âge as-tu ? demanda-t-il.

— Vingt-trois ans.

— Comment se fait-il que tu sois encore vierge à cet âge-là ?

Elle leva le menton avec orgueil.

— Ce ne sont pas tes affaires.

Ari faillit lui rire au nez.

— *Cariña*, nous sommes devenus aussi intimes que deux personnes peuvent l'être. Je mérite bien une réponse.

Il se passa une main agitée dans les cheveux.

— *Dios*, Maddi, j'aurais pu te faire mal !

— Tu ne m'as pas fait mal, le détrompa-t-elle. Au contraire, c'était…

Il combla la distance entre eux.

— C'était… ? l'encouragea-t-il.

Ses yeux vert-noisette cherchèrent les siens.

— C'était fabuleux. Tu es la première personne à m'avoir donné envie de sauter le pas. Je suis allée dans une école pour filles, précisa-t-elle. Je n'ai jamais eu de petit ami, adolescente. Si j'étais allée à l'université, les choses auraient sans doute été différentes. J'aurais fréquenté des garçons là-bas. Mais j'ai commencé à travailler tout de suite, et les hommes que je croisais étaient soit immatures, soit dégoûtants. Plus le temps passait, plus je préférais attendre la bonne personne.

La pensée de Maddi avec d'autres hommes inspirait à Ari des pulsions de violence.

— Étais-je la bonne personne ?

Il connaissait déjà la réponse. Faire l'amour avec Maddi lui avait procuré une satisfaction possessive qu'il n'avait ressentie avec aucune autre femme.

— J'ai eu le coup de foudre, avoua-t-elle.

Lui aussi. Il aurait dû se douter que quelque chose clochait. Laia ne lui avait jamais fait cet effet-là.

Alors pourquoi insistes-tu pour l'épouser ?

Il ignora la question. Ce n'était ni le lieu ni le moment d'y réfléchir.

— Pourquoi ne m'avoir rien dit ?

— J'avais peur que tu changes d'avis, murmura-t-elle.

— Rien n'aurait pu m'arrêter, *cariña*. Mais j'aurais eu des réserves.

— Pour quelle raison ?

— La première fois peut être intense. Il est facile de confondre sexe et sentiments.

— Est-ce l'expérience qui parle ?

Ari soupira. Comment en étaient-ils arrivés à cette conversation ? Il se surprit néanmoins à répondre :

— Brièvement. Ma première fois était avec une femme plus âgée. Elle était très belle et avait de l'expérience. J'étais subjugué. Je me croyais amoureux. Mais très vite, j'ai découvert que mon père l'avait engagée pour me déflorer. Jamais je n'ai été aussi humilié de ma vie.

Maddi poussa une exclamation indignée.

— Quelle horreur ! Comment a-t-il pu faire une chose pareille ?

Il a trahi ta confiance et cette femme aussi ! Il y a des noms pour les gens comme elle...

Sa colère toucha Ari, plus qu'il ne voulait l'admettre. Il lui semblait que les fondations sur lesquelles il avait bâti toute sa vie se dérobaient sous lui.

— C'est du passé, dit-il en balayant le sujet d'un geste désinvolte.

— Aimais-tu cette femme ?

La bile lui monta à la gorge à ce souvenir.

— Non. Simple passade d'adolescent.

— Pourquoi me racontes-tu tout cela ?

— Parce que tu me l'as demandé.

Elle eut une moue impatiente.

— Est-ce une façon de me dire de ne pas tomber amoureuse de toi ?

— Si possible...

Cette fois, elle roula des yeux, mais en se mordant la lèvre pour ne pas sourire. Sa gaieté était contagieuse. Il se sentait léger comme cela lui arrivait rarement. Seul Dax savait le dérider en temps normal. Ce qui en disait long sur l'emprise de Maddi sur lui. Mais il n'avait pas envie d'y penser pour l'instant.

— Je ferai de mon mieux, Votre Majesté, promit-elle, sarcastique.

— Parfait.

N'y tenant plus, il fit tomber la serviette qui la couvrait, puis dénoua celle attachée sur sa tête. Ses cheveux humides se déroulèrent sur ses épaules, assez longs pour caresser sa poitrine.

— Entre nous, ce n'est qu'une parenthèse. Profitons-en tant qu'elle dure.

La respiration de Maddi devint hachée. Ses seins se soulevaient et s'abaissaient de manière provocante. Alors qu'il tendait la main, elle devança ses intentions en baissant son pantalon de jogging. Il s'en débarrassa d'un coup de pied. Nus tous les deux, ils basculèrent sur le lit. D'où venait cette soif inextinguible qui le tenaillait ? L'attrait de la nouveauté, sans doute. Maddi était aussi sa dernière amante avant qu'il se marie. C'était cela qui décuplait son désir.

Pas Maddi elle-même. Elle n'était pas spéciale, se persuada-t-il. Pourquoi le serait-elle ?

Quelques jours plus tard, Maddi feuilletait un tabloïd où s'étalaient les photos d'elle et Ari prises le soir du bal de charité. Le soir où ils avaient fait l'amour… La main d'Ari était dans le creux de son dos. Ils se regardaient, elle, rayonnante, lui, un léger sourire au coin des lèvres. Le gros titre proclamait :

> *Le roi Aristedes et sa future reine plus amoureux que jamais !*

Incroyable comme une image pouvait être trompeuse. Maddi, elle, connaissait la réalité derrière les apparences. Elle n'était pas la princesse Laia et ne devrait même pas être là. Son unique objectif était d'empêcher Ari de traquer Laia en faisant diversion. Mais il devenait si facile de l'oublier…

Elle posa le magazine et sortit prendre l'air sur la terrasse. Elle n'avait plus dormi dans son propre lit depuis cette fameuse nuit. Hannah avait discrètement déménagé ses affaires dans la suite d'Ari. Ils s'y faisaient servir leurs repas entre deux étreintes torrides, en s'accordant quelques pauses de temps en temps, avant de refaire l'amour de plus belle. Ari ne disparaissait dans son bureau que quand elle dormait.

Était-ce toujours aussi… intense ? Il avait éveillé en elle quelque chose qu'elle ignorait posséder. Un désir vorace et désinhibé. Elle adorait cette nouvelle facette d'elle. Elle avait envie de lui constamment. De son corps contre et dans le sien. La passion finirait par retomber, c'était inévitable. Mais pour l'instant, elle n'en montrait aucun signe. Au contraire, elle s'attisait de jour en jour.

Maddi était revenue dans sa suite au prétexte de chercher quelque chose. En réalité, elle avait eu besoin d'un moment de recul sur ce qui lui arrivait. Elle entretenait une liaison avec le fiancé de sa sœur ! Ce n'était pas une trahison envers Laia. C'était même un argument de plus en faveur de l'annulation de leur accord de mariage. Sa sœur avait-elle vu les photos des tabloïds, là où elle se trouvait ? Se sentait-elle assez confiante pour rentrer à Isla'Rosa ? Et si Dax l'avait retrouvée ? Était-ce la raison de son silence radio ? Laia ne manquait pas de ressources. Elle évitait Ari depuis quatre ans. Qu'elle ait réussi à prendre le prince à son propre jeu ne serait pas étonnant.

Un bruit de pas la fit se retourner. Son corps réagit aussitôt. Ari, à tomber en costume sombre et chemise claire, s'avançait vers elle.

— Ah, te voilà.

Ils n'avaient rien de prévu aujourd'hui, aussi avait-elle enfilé un simple pantalon fluide sous un crop top en coton.

— Que dirais-tu d'une leçon d'équitation ?

Elle frémit au souvenir de sa terrifiante cavalcade sur sa jument hors de contrôle. Mais pas question de laisser cela l'arrêter.

— Avec plaisir, répondit-elle.

— Parfait. Les chevaux seront prêts dans une heure. Ce qui nous laisse juste assez de temps…

— De temps pour quoi ?

Les mains d'Ari ceignirent sa taille, chaudes sur sa peau nue.

— Pour cela, souffla-t-il contre ses lèvres avant de l'embrasser.

Sa main se faufila entre ses cuisses. Le corps de Maddi s'enflamma et tous ses questionnements s'envolèrent. Cette réalité n'était pas la sienne. Mais quand ils ne faisaient plus qu'un dans le plaisir, elle avait très envie d'y croire.

— Nous allons *quoi ?*

Maddi espérait avoir mal entendu.

— Prendre un bain de foule, répéta Ari. Les gens se rassemblent de chaque côté de la rue et nous marchons au milieu d'eux en les saluant. L'événement aura lieu dans un port de l'autre côté de l'île. Ce sera l'occasion pour les habitants éloignés de la capitale de te rencontrer.

— Es-tu sûr que ce soit une bonne idée ? objecta-t-elle. Quel intérêt puisque ni moi ni Laia n'allons devenir leur reine ?

— Tant que Laia n'aura pas officiellement rompu l'accord, elle reste la future souveraine de Santanger, décréta Ari.

Maddi secoua la tête. Il persistait à croire que tout allait se passer comme prévu. Son assurance ne connaissait aucune limite. Sans doute était-ce une qualité indispensable chez un monarque.

Pour l'occasion, elle portait une robe fluide en soie boutonnée sur le devant, serrée à la taille par une large ceinture. Chic et élégant, avait déclaré Hannah, qui avait choisi la tenue. Dieu merci, elle l'avait accompagnée de sandales à talons compensés et non d'escarpins. Comment diable faisait Laia pour tenir des heures sur des talons aiguilles ?

Le trajet vers le port leur fit traverser la région centrale montagneuse, au-delà de laquelle s'étendaient des terres fertiles à perte de vue : vignobles, oliveraies, champs d'arbres fruitiers. Citronniers et orangers croulaient sous les fruits mûrs prêts à être cueillis. Santanger était vraiment plus vaste qu'Isla'Rosa, réalisa Maddi. Un royaume d'abondance, prospère à tout point de vue. La mer réapparut comme ils s'engageaient sur une route scénique longeant des falaises à pic frappées par les vagues. Maddi détourna la tête.

— As-tu le vertige ? s'enquit Ari.

— Non, pas en temps normal. Seulement quand la route est aussi près du bord.

Elle plissa des yeux méfiants.

— Tu l'as fait exprès ?

Ari s'esclaffa.

— Pas du tout. D'habitude, je me déplace en hélicoptère. Mais j'ai pensé que cela te plairait de sillonner l'île pour mieux la découvrir.

Sa prévenance la charma. Il était fier de son pays, cela se voyait. Maddi ne pouvait qu'être d'accord. Santanger était magnifique. Était-ce déloyal envers Laia de penser ainsi ? Elle espérait que non.

Leur destination surprit Maddi. Elle s'attendait à un petit village de pêche endormi. Au lieu de quoi, elle découvrait une grande ville portuaire, florissante et animée, dominée par une imposante cathédrale baroque semblable à celle de Santanger.

— Pendant une brève période au Moyen Âge, quand l'île était attaquée par le sud, cette ville est devenue la capitale, expliqua Ari. Elle est connue pour ses vestiges romains. Il faut croire que les Romains avaient eu la même idée.

Maddi entendit la foule à l'extérieur. Sa nervosité monta en flèche.

— Que dois-je faire ? demanda-t-elle.

— Serrer les mains et accepter les cadeaux qu'on t'offre. Ils veulent juste te voir, Maddi.

La voiture s'arrêta et Ari descendit, puis l'aida à sortir. Maddi s'efforça de contenir son stress. Lorsqu'ils s'approchèrent de là où la foule était massée, un concert d'acclamations accueillit leur apparition. Le vacarme était assourdissant. Et ce n'était que le début.

— Princesse Laia ! Par ici !

— S'il vous plaît, princesse Laia !

Les sollicitations fusaient de tous côtés. Maddi se jeta à l'eau. Un sourire scotché aux lèvres, elle devait se faire violence pour saluer tous ces inconnus qui l'interpellaient. Mais petit à petit, elle se détendit et son sourire devint sincère. Les gens semblaient si heureux ! Ils n'avaient que des mots gentils. Certains lui tendaient même leurs enfants. Alors qu'elle prenait une fillette d'un an dans ses bras, une vive émotion l'assaillit. Elle ne s'était jamais senti l'instinct maternel, même si elle adorait les enfants. Mais cette fillette était un véritable petit ange ! Elle tapota la joue de Maddi de sa menotte poisseuse et tout le monde rit. Maddi rendit l'enfant à ses parents à regret. Elle ne reviendrait jamais dans cette ville. Jamais elle ne verrait cette fillette grandir, ni aucun autre enfant de Santanger…

Les visages se succédaient et finissaient par se mélanger. Elle ne sentait plus ses doigts à force de serrer des mains. Elle avait pris tant de selfies, reçu tant de fleurs et de cadeaux ! Ari glissa un bras autour de sa taille. Maddi flottait sur un nuage.

— À quand le mariage ? lança une voix dans la foule.

Elle se raidit tandis qu'Ari répondait avec son charme habituel :

— Comme vous le voyez, ma promise et moi profitons de nos fiançailles. L'annonce est pour bientôt.

Nouvelle salve d'acclamations.

Mais l'euphorie de Maddi était retombée lorsqu'ils remontèrent en voiture peu après.

— Quelque chose ne va pas ? s'enquit Ari. Tout s'est bien passé. Ils t'ont adorée.

— Je ne suis pas celle qu'ils croient. Ils m'aiment parce que je suis normale.

Tu es une princesse.

Mais cela, Ari l'ignorait. Et elle doutait qu'il le prenne bien s'il venait à le découvrir. Les émotions tourbillonnaient dans sa poitrine. La fierté de savoir qu'elle était prête à tenir son rôle, tout compte fait. Le désir d'être la princesse Maddi, légitime au bras d'Ari... Ce qui n'arriverait pas. Jamais elle n'aurait le courage d'affronter un possible rejet. Cela la détruirait, car elle en était certaine à présent : son béguin pour Ari était en train de devenir beaucoup plus que cela.

Non, se réprimanda-t-elle. Entre eux, ce n'était que du sexe. Une alchimie purement physique. En aucun cas de l'amour.

— Maddi ? Tu as l'air de quelqu'un qui a vu un fantôme.

Elle s'ébroua mentalement.

— Ce n'est rien. La journée a été longue, c'est tout.

Il lui prit la main.

— Tu as été incroyable. Rares sont les personnes capables d'affronter une situation aussi stressante comme tu l'as fait. Tu as vraiment su être proche des gens.

— Merci, balbutia-t-elle.

Une boule lui obstruait la gorge. Il n'avait pas idée de ce que ces mots signifiaient pour elle.

Alors seulement, elle remarqua qu'ils ne suivaient pas la même route qu'à l'aller.

— Nous rentrons en hélicoptère, l'informa Ari. Ce sera plus rapide.

Maddi était soulagée. L'après-midi avait été riche en émotions.

Survoler l'île lui en donna une vision encore différente avec ses petits villages éparpillés et ses grands axes au centre et à la périphérie. Santanger, la capitale, scintillait telle une boule de Noël dans le soir tombant. L'hélicoptère se posa derrière le palais. Maddi tombait de fatigue. Le contrecoup, sans doute. Ari la ramena dans les appartements royaux.

— J'ai un appel à passer, lui dit-il. Tu veux bien m'excuser ?

Elle acquiesça en étouffant un bâillement et s'éclipsa dans la chambre. Débarrassée de sa veste et de ses sandales, elle détacha ses cheveux, puis s'affala sur le lit. Juste quelques minutes, pas plus...

Ari s'immobilisa sur le seuil de sa chambre. Maddi dormait, recroquevillée en position fœtale, la tête posée sur ses mains. Ses cheveux bruns auréolaient son visage. Sa respiration était lente et régulière. C'était la première fois qu'il avait ce genre d'intimité avec une femme. Ses liaisons ne duraient jamais longtemps et étaient centrées sur le sexe. Il n'encourageait pas ses amantes à passer la nuit dans son lit. Encore moins s'il ne s'était rien passé avant. Il ne voulait pas qu'elles s'imaginent qu'il recherchait leur compagnie.

Maddi devait être épuisée. Les bains de foule avaient cet effet. Celui d'aujourd'hui avait même duré une heure de plus que prévu, tant tout le monde tenait à rencontrer Maddi.

Non, pas Maddi. La princesse Laia.

Si la princesse avait été là, le programme aurait été respecté à la seconde près. Les gens l'auraient aimée aussi, mais il y aurait eu cette distance invisible entre eux... Celle que cultivait tout membre de la royauté en grandissant. Laia n'aurait pas été aussi ouverte et spontanée. Elle n'aurait pas pris d'enfants aux doigts collants dans ses bras, ni ne se serait accroupie pour bavarder avec une vieille dame en fauteuil roulant. La mère d'Ari avait toujours abhorré les bains de foule. Elle les considérait comme une entorse à la distance indispensable au maintien d'une image de famille royale sacro-sainte et parfaite. Ce que la leur était loin d'être. C'était cette hypocrisie qui avait poussé Ari à vouloir changer les choses.

Et le changement avait commencé dès son accession au trône. Il prônait plus de transparence et se présentait comme un souverain fiable, à l'opposé de son père et son tempérament imprévisible. Les gens lui faisaient confiance car ils savaient qu'il avait leurs intérêts à cœur. Ari était fier de ce qu'il avait accompli. Se marier était la suite logique. Il avait toujours su que la princesse Laia remplirait admirablement son rôle. Mais jamais il ne s'était représenté ce que cela donnerait.

Jusqu'à aujourd'hui.

Jusqu'à ce qu'il voie Maddi en action. Naturelle, chaleureuse, le cœur sur la main.

Maddi, qui n'était pas destinée à devenir sa reine.

Avait-il commis une erreur en la présentant au public ? Les gens l'avaient adorée. Mais, comme elle l'avait souligné, ils ne la reverraient jamais. Il n'avait pas vraiment réfléchi aux conséquences, ce qui ne lui ressemblait pas. C'était comme si une part de lui avait voulu la voir dans ce rôle, certaine qu'elle éblouirait tout le monde. La même qui le forçait à présent à regarder la réalité en face.

Son mariage avec la princesse Laia n'aurait sans doute jamais lieu. Pas seulement à cause des réserves de la jeune femme. Pour lui aussi, les choses avaient changé. Depuis toujours, ce mariage était gravé dans son futur. Quand on vous martelait à huit ans que quelque chose était destiné à se produire, on ne le remettait pas en question. Mais dans son arrogance, il l'avait réduit à un banal jalon dans son emploi du temps, calé entre une réunion du Conseil et un gala mondain, sans prendre en compte sa dimension humaine. À aucun moment il ne s'était soucié du fait qu'il y ait quelqu'un d'autre dans l'équation. Que les projets de Laia puissent ne pas s'aligner avec les siens. C'était Maddi qui lui avait ouvert les yeux. Loin d'en éprouver de la colère ou de la frustration, il se sentait... soulagé. Comme libéré d'un poids.

Un frisson d'adrénaline le parcourut. De nouvelles possibilités s'ouvraient à lui, qu'il n'aurait jamais osé envisager avant. Et s'il pouvait choisir sa reine ? Une femme avec qui il aimait passer du temps. Une femme qu'il désirait chaque jour davantage. Une femme dont son peuple était immédiatement tombé sous le charme.

Parce qu'elle est comme eux.

Maddi n'était pas de sang royal. Songeait-il sérieusement à faire d'elle sa reine ? C'était impossible. Aucun roi de Santanger n'avait jamais épousé une roturière. Leur lignée était l'une des plus anciennes au monde, réputée pour n'avoir connu aucune dilution de son sang royal. Ari tenait à faire entrer le royaume dans la modernité. Son peuple avait accueilli positivement ces changements, mais restait profondément attaché à sa famille royale, symbole d'une tradition disparue quasi partout ailleurs.

L'excitation d'Ari retomba. Peut-être n'épouserait-il pas Laia. Mais Maddi n'était pas une remplaçante adéquate. Quoi qu'il arrive, entre eux, cela ne resterait qu'une passade. Il devait se trouver une autre princesse royale.

Rien d'insurmontable.

Alors pourquoi avait-il de nouveau l'impression de porter le poids du monde sur ses épaules ?

Maddi remua sur le lit. Il ôta sa veste, puis ses chaussures, et alla s'asseoir près d'elle. Elle ouvrit les yeux et sourit. *Dios*, elle était vraiment sublime !

— Bien dormi ? demanda-t-il.

— Oui. Cette sieste m'a donné faim. Et je ne parle pas de toi.

La précision le fit rire. Cette femme était fatale à son ego.

À quand remontait la dernière fois qu'il avait autant ri ?

— Je nous fais servir à dîner, qu'en dis-tu ?

— Je vote pour.

Une fois l'ordre donné, il sentit deux bras graciles l'envelopper par-derrière. Le désir s'empara de lui, aussi féroce que la première nuit où ils avaient fait l'amour. Il se retourna et croisa le regard mutin de Maddi.

— Avons-nous le temps pour une mise en bouche ?

La raison d'Ari lui soufflait de tout arrêter. La repousser. La renvoyer à Isla'Rosa. Le message de Laia était reçu cinq sur cinq. Il était temps de tourner la page. Mais le corps souple et chaud de Maddi contre le sien était une invitation qui ne se refusait pas. Pourquoi lutter ? La parenthèse se refermerait bientôt d'elle-même. C'était inéluctable. D'ici là… Il entoura son visage de ses mains.

— Et même plus qu'une mise en bouche.

Quelques jours plus tard

La garden-party en l'honneur des travailleurs de première ligne – infirmiers, secouristes, pompiers, policiers et tant d'autres – était un franc succès. Un château gonflable avait été installé pour leurs enfants, non loin d'un atelier de peinture sur visage. Des clowns assuraient le spectacle, tandis qu'un vétérinaire leur présentait différents animaux exotiques. Le buffet offrait un large éventail de nourriture et de boissons. Un feu d'artifice était également prévu après le coucher du soleil.

C'était Ari qui avait instauré cet événement annuel afin d'ouvrir le palais au public et de remercier le peuple de Santanger. Son père avait préféré garder le palais hors limite, uniquement accessible à une poignée de privilégiés. Le lieu idéal où entretenir ses nombreuses liaisons illicites. D'où la décision d'Ari de suivre le chemin opposé.

— Tout se déroule à merveille, Votre Majesté, déclara l'un de ses assistants. La princesse Laia est une véritable bouffée d'air frais.

Ari eut mauvaise conscience. Une crise financière mineure au sein d'une des banques de Santanger l'avait accaparé, ces derniers jours. En réalité, il s'en était servi comme excuse pour repousser le moment de régler la situation avec Maddi. Il savait ce qu'il avait à faire : renoncer à son mariage stratégique avec Laia et laisser partir Maddi. Alors pourquoi prolongeait-il cette mascarade ? C'était jouer avec le feu.

Il repéra la jeune femme parmi l'assemblée, resplendissante

dans une robe turquoise à manches longues. Elle bavardait en riant avec un groupe d'infirmières comme elle le ferait avec des amies. Depuis le bain de foule, tout le monde ne parlait plus que d'elle. Princesse Laia par-ci, princesse Laia par-là… Comme escompté. Ce succès lui laissait à présent un goût amer. C'était Maddi que les gens adulaient, pas Laia, et il détestait qu'ils ne le sachent pas. Mais si la vérité venait à éclater, le scandale serait retentissant. Exactement ce qu'Ari cherchait à éviter. Il savait tout cela, et pourtant… Même maintenant, il n'avait qu'un désir, s'isoler avec Maddi et s'oublier dans ses bras.

Mais lorsqu'il la chercha des yeux, elle avait disparu.

— L'équipe attend votre signal pour lancer le feu d'artifice, l'informa son assistant.

Il hocha distraitement la tête.

— Laissez-moi trouver Ma… la princesse Laia.

Bon sang, c'était moins une ! Il partit à sa recherche, arrêté tous les deux pas par des invités désireux d'échanger quelques mots avec lui. La jeune femme n'était nulle part en vue. Où était-elle passée ? Une sensation inconfortable lui étreignit la poitrine. C'était par loyauté envers Laia que Maddi restait à Santanger. Sans cela, qu'est-ce qui l'empêchait de se volatiliser à tout instant ?

Il la repéra enfin. Assise en tailleur dans l'herbe, sans égard pour sa robe, en pleine discussion avec un garçon d'une dizaine d'années. Une femme se tenait debout non loin. Elle le salua d'une révérence.

— Je suis désolée, Votre Majesté. Mon fils s'est entiché de la princesse et refuse de s'en séparer.

Il n'est pas le seul, songea Ari.

— Il est neurodivergent, continua-t-elle *sotto voce*. Il communique difficilement avec les gens. Mais elle est venue vers lui et l'a tout de suite mis à l'aise. Il l'a entraînée ici pour lui montrer quelque chose.

Ari avait toujours su qu'avoir des enfants faisait partie de son devoir. Mais il ne s'était jamais projeté dans son rôle de père. Voir Maddi avec ce jeune garçon remuait quelque chose en lui. Pour la première fois, il prenait conscience de sa conception réductrice de la paternité. Rien d'étonnant, après la façon dont ses parents l'avaient traité. Mais à aucun moment il n'avait réfléchi à une autre voie pour lui-même et sa future famille.

L'idée faisait son chemin dans sa tête. Était-ce vraiment si absurde de vouloir mieux que ce qu'il avait connu ? De vouloir autre chose ? Et qui était, une fois de plus, le catalyseur de ses pensées troublantes ?

Il tourna la tête vers Maddi, juste au moment où la jeune femme levait les yeux vers lui.

10

Qu'avait-elle encore fait ?

Le sourire de Maddi s'évanouit. Ari avait la mine ombrageuse. Il avait été occupé, ces derniers jours. L'occasion pour elle de réfléchir à leur situation, qui lui échappait de plus en plus. En admettant qu'elle en ait jamais eu le contrôle.

Elle se leva, blessée malgré elle. Quoi qu'elle fasse, Ari ne semblait toujours pas lui faire confiance. À plusieurs reprises, elle avait surpris son regard spéculatif sur elle depuis le bain de foule. Comme s'il s'efforçait de résoudre une énigme.

— C'est un garçon adorable, dit-elle en s'approchant de lui.

L'expression d'Ari s'adoucit.

— Tu es douée avec les enfants.

— J'aime leur compagnie.

Ari appela son assistant, à qui il donna l'ordre de lancer le feu d'artifice. Puis il retourna vers l'assemblée et tapa dans ses mains pour obtenir l'attention générale.

— Merci à tous d'être venus. Et maintenant, le clou du spectacle. Profitez-en !

Maddi le rejoignit alors que le feu d'artifice commençait. Les gerbes scintillantes se succédaient dans le ciel sous les *Ooooh !* et les *Aaaah !* émerveillés de la foule. Maddi était émue de la joie de tous ces gens. Les habitants de Santanger étaient si gentils ! Et ils adoraient leur roi.

Elle accepta la main qu'Ari lui tendait. Ils présidaient l'événement côte à côte, en couple royal uni. Ce qu'ils n'étaient pas.

— C'est un merveilleux cadeau que tu leur fais, souffla-t-elle, cachant son émotion derrière un sourire.

Elle s'était beaucoup trop attachée à Aristedes. Cette histoire ne pouvait que mal se finir.

— Et si nous allions dîner quelque part ce soir ? fit-elle.

Son cœur cognait à tout rompre. Ridicule. Elle avait l'air d'une adolescente abordant pour la première fois le garçon qui la faisait craquer. Elle et Ari couchaient ensemble depuis plus d'une semaine. Difficile de faire plus intime que cela.

Ari leva un sourcil amusé.

— Es-tu en train de m'inviter à sortir ?

Il se moquait d'elle. Le cœur de Maddi sombra.

— Oublie cela. C'était idiot.

Elle tenta de dégager sa main, mais il la retint dans la sienne. L'amusement dans ses yeux avait cédé la place à une intensité qui la prit de court.

— Avec plaisir. Je serais ravi de t'emmener dîner.

Ari donna ses instructions à son assistant, qui ne se tenait jamais bien loin. Le jeune homme s'inclina et s'éclipsa.

— Allons-y.

— Hum, c'est que...

Maddi baissa les yeux sur ses pieds nus, embarrassée. Ari suivit son regard.

— La dernière fois que j'ai vu mes sandales, une petite fille se déguisait avec...

Les gens avaient beau l'apprécier, elle ne savait toujours pas se comporter en princesse. Mais sans crier gare, Ari la souleva dans ses bras et la ramena au palais. Elle se laissa aller contre lui, consciente de sourire bêtement. De quoi devaient-ils avoir l'air ?

À l'intérieur régnait une énergie contagieuse. Ari la déposa à terre et Hannah apparut, tout sourire.

— Ce qu'il vous faut attend dans votre chambre, princesse Laia.

Perplexe, Maddi la suivit jusqu'à sa suite. Hannah disparut dans le dressing et en ressortit les bras chargés de vêtements, qu'elle étala sur le lit. Un jean usé, un T-shirt noir, une paire de baskets, des sous-vêtements... Et une superbe veste en cuir. Maddi la caressa du bout des doigts.

— Waouh ! Ça, ça me plaît.

Mais était-ce vraiment ce qu'elle était censée porter ? Elle se tourna vers la domestique, qu'elle trouva les yeux embués de larmes.

— Mon Dieu, Hannah ! Quelque chose ne va pas ?

Inquiète, elle passa un bras autour des épaules de la jeune femme. Hannah s'essuya les yeux avec un sourire penaud.

— Pardonnez-moi, princesse Laia. C'est un tel bonheur de vous voir comme cela, vous et le roi. Ma mère travaillait au palais pour la reine. Celle-ci était très malheureuse. L'atmosphère était toujours triste et tendue. Mais vous deux, vous vous aimez sincèrement. Tout va changer, désormais.

Maddi s'obligea à sourire.

— Vous êtes une vraie romantique, vous. Ne changez pas.

Maddi se sentait hypocrite en disant cela. Qui était-elle pour l'encourager à croire en l'amour alors qu'elle-même muselait ses sentiments ? Plus longtemps elle se complairait dans cette fausse idylle, plus dure serait la chute.

Hannah l'aida à se changer et Maddi détacha ses cheveux. Une fois prête, elle suivit la domestique dans la direction opposée à celle qu'elles prenaient d'habitude. Elles sortirent dans une autre cour à l'arrière des cuisines du palais. Et là... Maddi resta sans voix. Ari l'attendait, en jean, T-shirt et veste en cuir, appuyé contre une imposante moto. Un brasier s'alluma dans son ventre. Comment réussissait-il à être toujours plus sexy ? Il n'avait plus rien de l'homme guindé qu'elle avait rencontré pour la première fois dans le désert. Cet Ari-là était le bad boy par excellence, rebelle et ténébreux à souhait.

Elle prit le casque qu'il lui tendait et l'enfila. Ari en fit autant, puis enfourcha sa moto d'une détente souple.

— Monte et accroche-toi à moi, lui lança-t-il par-dessus son épaule.

Pas besoin de le lui dire deux fois. Ils quittèrent le palais, suivis par l'inévitable équipe de sécurité en voiture. Quelques minutes plus tard, ils descendaient la colline. Dans les petits villages qu'ils traversaient, les enfants se couraient après pendant que leurs parents se relaxaient à la terrasse des cafés. Bientôt, ils atteignirent la périphérie de Santanger et le quartier financier, puis s'enfoncèrent dans la vieille ville et ses ruelles animées en cette soirée de week-end. Le temps était agréable, les gens se promenaient dehors en simple veste légère.

Ari se gara sur un parking et coupa le moteur.

— Les dames d'abord.

Elle descendit la première, suivie par Ari. Il rangea leurs casques, qu'il troqua contre deux casquettes de base-ball. À la surprise de Maddi, il lui prit la main et l'entraîna vers la rue la plus proche.

— Es-tu sûr que ce soit une bonne idée ? chuchota-t-elle.

— Nous sommes incognito.

Elle eut un rire de dérision.

— Moi, peut-être. Mais pas toi.

— Peu importe. Nous ne serons pas dérangés.

Ils débouchèrent sur l'une des rues principales, où les gens flânaient en faisant du lèche-vitrines. Plusieurs têtes se tournèrent sur leur passage. Certains les fixaient, bouche bée, mais Ari avait vu juste : personne ne les aborda. Maddi se détendit alors qu'ils tournaient dans le quartier plus touristique. De nombreux magasins y vendaient des affaires de plage et des cartes postales. Son cœur se serra. Elle aurait tant voulu envoyer une carte à sa mère ! Mais c'était hors de question, bien sûr. Sa mère ignorait ce qui se passait et la croyait à Isla'Rosa.

Ari l'emmena dans une ruelle plus calme donnant sur une placette secrète, occupée par quelques restaurants dont s'échappait une musique feutrée. Leurs terrasses s'étalaient sur la place sous un plafond de guirlandes entrecroisées. L'effet était magique.

Alors qu'ils entraient dans l'un des établissements, le propriétaire vint à leur rencontre et serra Ari dans ses bras en l'embrassant sur les deux joues. Cette familiarité affectueuse stupéfia Maddi. Elle n'avait jamais vu personne agir ainsi avec le roi.

— Alfredo, voici la princesse Laia.

La princesse Laia. Être appelée ainsi devenait chaque jour plus difficile à vivre. Mais il n'y avait rien que Maddi puisse faire. Elle s'était elle-même mise dans cette position. Impossible de dévoiler son identité avant que Laia ne le fasse. Au moins, cette expérience lui avait démontré qu'elle était capable d'assumer son destin de princesse. Même si sauter le pas lui faisait encore peur, le peuple de Santanger lui avait insufflé la confiance en elle qui lui manquait.

Cela faisait des jours qu'Ari n'avait plus mentionné le mariage. S'était-il enfin fait une raison ? Auquel cas, il n'avait plus besoin d'elle. Elle était trop lâche pour lui poser la question. Même si elle osait lui révéler qui elle était vraiment, le scénario se finissait toujours de la même façon dans sa tête : par un rejet pur et simple. Le pire dénouement possible.

Alfredo la ramena au présent en la gratifiant d'un baisemain.

— Soyez la bienvenue, princesse Laia. À Santanger et dans mon modeste établissement.

Le geste la conquit. Elle répondit par un sourire, tout en balayant l'espace des yeux. La salle était chic et spacieuse, plus que l'extérieur ne le laissait présumer. Les dîneurs, tous sur leur trente et un. Maddi détonnait en jean et T-shirt, aussi fut-elle soulagée lorsque Alfredo les escorta vers un box privé.

— La nourriture est exquise, déclara Ari alors qu'ils s'installaient à table. Alfredo descend d'une longue lignée de chefs. Son restaurant est réputé dans le monde entier pour sa cuisine méditerranéenne.

Maddi en avait l'eau à la bouche.

— Ne compte pas sur moi pour picorer, répondit-elle. Tu connais mon bon coup de fourchette.

— C'est bien pour cela que je t'ai amenée ici.

Pourquoi fallait-il qu'il lui sourie ainsi ?

Une serveuse apparut avec deux flûtes de crémant.

— Avec les compliments de la maison.

Maddi la remercia poliment.

— Ce vin provient d'un vignoble local, expliqua Ari lorsqu'ils furent seuls. Notre industrie viticole est en pleine expansion.

Elle goûta une gorgée.

— Délicieux.

Tout était absolument parfait. Le décor. L'atmosphère romantique. Plus elle s'habituait à cette fausse réalité, plus elle craignait de s'y perdre et ne plus retrouver la sortie.

Qui te dit qu'il te rejettera ? Dis-lui la vérité.

Non, c'était trop risqué. Et ce n'était pas à elle de le faire.

L'arrivée de leurs plats lui fournit une distraction bienvenue. En entrée, des beignets de calamar croustillants, suivis d'un tajine de poulet et d'un appétissant couscous à partager, le tout accompagné d'olives et de pita à tremper dans du houmous frais. Maddi était au paradis. À un moment, elle leva les yeux et vit qu'Ari se contentait de la regarder en sirotant son vin. Elle s'essuya la bouche.

— Désolée. J'oubliais que tu n'avais pas l'habitude de voir une femme manger pour de vrai.

— Je trouve cela très sexy.

Sa température monta en flèche. Elle but une gorgée de vin pétillant pour se rafraîchir.

— Ce restaurant pourrait devenir ma nouvelle maison, plaisanta-t-elle.

— J'y ai travaillé autrefois, dit Ari.

Maddi faillit avaler son vin de travers.

— Tu n'es pas sérieux ?

— Si. Pendant plusieurs étés, quand j'étais adolescent.

— Une initiative de ton père pour t'apprendre la vraie vie ?

— Non, c'était mon idée, réfuta-t-il. Ma mère devenait invivable. L'atmosphère au palais était délétère. Un jour, je suis venu ici et j'ai demandé à Alfredo s'il accepterait de m'engager. J'étais ami avec son fils. Au début, il a refusé. Il ne pouvait pas être vu faisant trimer le futur roi. Mais j'ai fini par le persuader. Je me serais contenté de faire la plonge, tant que cela me permettait de fuir le palais. Mais Alfredo a insisté pour que je travaille en cuisine et apprenne quelque chose.

C'est à cet instant qu'elle sut. Elle était amoureuse de cet homme. Éperdument et irrévocablement. Tout ce temps, elle n'avait fait que se voiler la face, comme pour se convaincre qu'entre eux, ce n'était pas réel. Une profonde mélancolie l'envahit. L'ironie était cruelle. Était-elle elle aussi, comme sa mère, vouée à être chassée par un roi ?

Elle refoula son émotion.

— Tu ne m'avais jamais parlé de tes talents culinaires.

Il secoua la tête.

— C'était il y a longtemps. Mais c'est comme la dactylographie. Je peux émincer ce que tu veux avec une précision de professionnel.

Elle ouvrit des yeux ronds.

— Tu as appris la dactylographie ?

Il se pencha avec un air de conspirateur.

— Ma vitesse de frappe est de soixante mots par minute. Bon, j'ai une légère dyslexie, alors mon orthographe laisse à désirer.

— Waouh, soixante mots ? Et une expérience de commis de cuisine ? Le rêve de tout employeur, le taquina Maddi.

Puis redevenant sérieuse :

— Tu es dyslexique ? Ce ne doit pas être facile.

— Dax l'est aussi. C'est un peu plus sévère pour lui.

— Tu ne l'avais jamais mentionné...

Il haussa les épaules.

— J'ai appris à vivre avec. Je n'y pense presque jamais.

— D'une certaine façon, c'est bien que tu ne sois pas parfait. Tu es assez insupportable comme cela.

Elle lui effleura la joue en souriant. Il prit sa main et l'embrassa.

— Oh ! vraiment ? Ce n'est pas ce que tu disais ce matin au lit...

Quand il l'avait réveillée en soumettant son corps à la plus lascive des explorations. Elle avait cru être en train de rêver. Mais non. Ce moment, en revanche... *Ça*, c'était un rêve. Une illusion dangereuse à laquelle elle s'accrochait au mépris du bon sens.

Une toux discrète les interrompit. Maddi retira vivement sa main, rouge pivoine. Alfredo les regardait, un léger sourire aux lèvres. L'air heureux pour son roi et sa future reine. Le poids réapparut sur la poitrine de Maddi. En quelques secondes, les assiettes vides cédèrent la place au dessert.

— Ma recette secrète de baklava, transmise par la famille de ma femme, annonça Alfredo.

Les papilles de Maddi s'en délectaient d'avance. Mais une chape de plomb s'était abattue sur son cœur. Alfredo parti, elle s'efforça de faire bonne figure. Elle n'avait pas sa place ici. Elle était tombée amoureuse d'Ari, de Santanger, mais n'appartiendrait jamais ni à l'un, ni à l'autre.

La tristesse lui coupa l'appétit.

— Quoi ? Tu ne touches pas au baklava ? s'étonna Ari. J'aurais mis ma main à couper que tu n'en laisserais pas une miette.

S'il te plaît, Ari. Ne me fais pas t'aimer encore plus.

— Il a l'air divin. Mais même moi, j'ai mes limites, prétexta-t-elle. Tu veux bien manger ma part ? Je ne voudrais pas qu'Alfredo croie que je n'ai pas aimé.

Il la regarda d'une drôle de façon.

— D'accord, acquiesça-t-il. Mais à une condition.

— Laquelle ?

— Que tu te fasses pardonner... plus tard.

Au lit. Car le sexe était tout ce qui les liait, n'est-ce pas ? La seule chose réelle entre eux. Elle dissimula sa détresse derrière un sourire.

— Si tu insistes.

De retour au palais, ils filèrent droit à la chambre d'Ari. Aucun mot ne fut échangé. Une intensité inhabituelle saturait l'air, teintée d'une sensation diffuse de fatalité que Maddi préférait ne pas analyser. Il la débarrassa de sa veste en cuir, et ses baskets volèrent dans la pièce. Une urgence muette les animait. Leurs bouches s'écrasèrent l'une contre l'autre tandis qu'ils s'arrachaient leurs vêtements. Le temps qu'ils arrivent à la salle de bains, ils étaient entièrement nus. Sans cesser de s'embrasser, ils entrèrent dans la douche. Ari tourna le robinet à tâtons et l'eau chaude ruissela sur leurs corps enlacés.

Déjà, la main d'Ari s'insinuait entre ses cuisses. Il émit un grognement satisfait en la sentant prête pour lui. Maddi savait qu'il ne mettrait pas longtemps à lui faire atteindre la félicité. Son pouvoir sur son corps était irrésistible. Mais elle avait vraiment besoin de reprendre le contrôle, ne serait-ce que ce soir. Elle arrêta son geste et, dans un élan d'audace, délaissa la bouche d'Ari pour tracer un sillon de baisers le long de son cou, de son torse, en mordillant ses mamelons avant de poursuivre sa progression vers son ventre. Il retint sa tête entre ses mains.

— Que fais-tu ?

Elle se dégagea doucement et s'agenouilla devant lui. Même dans cette position, c'était elle qui avait le pouvoir. Elle encercla son érection de ses doigts. Le souffle d'Ari se raccourcit.

— Maddi, tu n'es pas obligée…

Sa phrase mourut dans une brusque inspiration. Elle l'avait pris dans sa bouche et caressait de sa langue sa chair dure, de haut en bas, comme si elle savourait une friandise. Elle ne s'aperçut pas tout de suite qu'il avait fermé le robinet, ou que ses poings s'étaient serrés contre ses cuisses pour ne pas l'interrompre. C'était purement instinctif, ce besoin de renverser la vapeur. D'être celle qui lui prodiguait du plaisir et repoussait les limites de son self-control, pour changer. Les traits crispés d'Ari trahissaient ses efforts pour se contenir.

— Maddi, grogna-t-il, la voix éraillée. Si tu ne t'arrêtes pas…

Elle ne s'arrêta pas. Elle continua jusqu'à sentir son corps se tendre. Dans un juron, il se laissa aller et ses hanches tressaillirent comme il convulsait dans l'orgasme.

Maddi se releva. Ari rouvrit les yeux, à demi affalé contre la paroi en verre.

— C'était…

Sa phrase resta en suspens. Il tendit la main et repoussa les cheveux de Maddi derrière son épaule. Elle se sentait telle Dalila avec Samson. Mais la force d'Ari ne tarda pas à lui revenir. Il se redressa et rouvrit le robinet, puis la fit pivoter face à la paroi en verre, qui leur renvoyait leur reflet.

— Lève les bras.

Elle obéit, tremblante d'excitation. D'abord, il la savonna, en insistant particulièrement entre ses jambes. Maddi se tortillait sous ses caresses, mais il lui maintenait fermement les hanches. Sa virilité avait retrouvé toute sa vigueur lorsqu'il s'approcha par-derrière. Ses mains couvrirent ses seins, dont il piégea les pointes entre ses doigts. Évidemment, il n'allait pas lui céder le contrôle trop longtemps. Elle plaqua les paumes sur la vitre en ondulant contre lui et le sentit diriger son membre entre ses cuisses.

— Penche-toi.

Elle s'exécuta. La seconde d'après, il l'empalait d'un puissant coup de reins. Il se mit à lui masser les seins tandis qu'il bougeait en elle, se retirant presque pour mieux s'enfoncer de nouveau. L'eau brûlante sur sa peau décuplait son plaisir. C'était si sensuel ! Le tempo s'emballa. Maddi voulait plus, plus vite. Ils s'étreignaient avec une frénésie allant crescendo. Soudain, son corps s'arqua, avant de fondre dans un océan de plaisir. C'est à peine si elle sentit Ari se dégager pour jouir sans risque, démontrant une présence d'esprit qui l'avait désertée depuis longtemps.

Il l'enveloppa dans une serviette, puis la porta jusqu'à son lit. Elle s'endormit aussitôt, comblée et repue. Elle réémergea quelques heures plus tard, blottie dans les bras d'Ari, les fesses pressées contre son début d'érection. En silence, elle bougea contre lui, ne s'arrêtant que le temps qu'il enfile un préservatif. Ils refirent l'amour, aussi sauvagement que la première fois.

Comme si leurs corps savaient que le temps leur était compté.

11

Maddi se réveilla désorientée. L'aube poignait tout juste dans le ciel, mais le lit était vide. Le film de leur nuit de passion défila dans sa tête. Cette fois avait eu quelque chose de différent. Le sexe avait toujours été intense entre eux, mais jamais aussi...

Désespéré. Avaient-ils senti tous les deux, sans se l'avouer, que la parenthèse touchait à sa fin ? Maddi ne voulait pas y penser. Mais il le fallait. Elle ne pouvait plus continuer à jouer l'autruche !

Elle sortit du lit et s'habilla à la va-vite, avant de partir à la recherche d'Ari. Un téléphone n'avait-il pas sonné plus tôt ? Il lui semblait avoir entendu la voix grave d'Ari. Était-ce ce qui l'avait réveillé ? À moins qu'elle n'ait seulement rêvé ?

Elle le trouva dans le salon, debout devant une télévision allumée. Il lui tournait le dos, vêtu d'un simple pantalon de jogging. Étrangement distant. Elle s'approcha et vit ce qu'il regardait. Le sol se déroba sous ses pieds. À l'écran, la princesse Laia, tout juste de retour à Isla'Rosa, descendait de son jet privé. L'air épanoui et tendu à la fois. C'était la première fois que Maddi revoyait sa sœur depuis... une éternité, lui semblait-il. Cela ne faisait-il vraiment que quelques semaines ?

Les journalistes la bombardaient de questions.

— Princesse Laia, pourquoi avez-vous quitté Santanger ? Où en sont vos fiançailles avec le roi Aristedes ?

Bien sûr, ils pensaient qu'elle revenait de Santanger ! Quoi de plus normal ? Aux yeux du monde, elle y avait passé les dernières semaines en compagnie de son fiancé. Un pur mensonge. C'était Maddi qui s'était affichée avec le roi, aspirée dans un conte de fées factice qui s'écroulait maintenant tel un château de cartes. En réponse aux questions des reporters, Laia fixa la caméra bien en face :

— Je n'ai aucune déclaration pour l'instant, énonça-t-elle haut et fort. Rendez-vous à mon couronnement dans quelques jours. Merci.

L'anniversaire de Laia. Elles avaient réussi. Laia était revenue à Isla'Rosa juste à temps pour ses vingt-cinq ans et son couronnement.

Ari appuya sur la télécommande et l'écran s'éteignit. Un lourd silence tomba dans la pièce. Il savait qu'elle était là.

— Félicitations. Mission accomplie, dit-il sans se retourner.

Sa froideur la glaça. Elle vint se planter devant lui. Son visage était vide d'expression. Elle était face à un étranger, si proche et si loin à la fois. Où était passé l'homme qui lui faisait passionnément l'amour à peine quelques heures plus tôt ?

— Ari…

— Hannah t'aidera à faire ton sac. Tu quitteras le pays discrètement afin que personne ne te voie.

Son cœur sombra dans sa poitrine. Bien sûr. Si on la voyait ici, le mensonge serait découvert, et autant lui que Laia en essuieraient les plâtres.

— Et après ?

— Et après quoi, Maddi ? Tu redeviens la dame d'honneur de la princesse… non, de la reine Laia. Voilà tout. À quoi pensais-tu ?

Oui, à quoi pensait-elle ? Elle savait que la fin était proche. Elle l'avait senti cette nuit et les jours précédents. Comme une épée de Damoclès suspendue au-dessus de leur tête. D'une certaine façon, c'était un soulagement. Elle n'aurait plus à faire semblant d'être quelqu'un d'autre. Mais à quel prix ?

— Alors c'est fini ? Nous ne nous reverrons plus ?

Elle avait besoin de l'entendre le dire pour être certaine. Ari eut un sourire amer.

— Non, Maddi. Je t'avais prévenue de ne pas confondre sexe et sentiments. Tu m'as dit que tu savais à quoi t'en tenir. Le sexe était fantastique, j'en conviens. Pour une novice, tu étais exceptionnelle. Peut-être est-ce ce qui t'a fait perdre de vue la réalité.

Ces mots firent voir rouge à Maddi. Elle avait beau détester la violence, en l'écoutant, elle était vraiment tentée de lui coller son poing dans la figure ! Au fond, c'était une bonne chose. Cette colère lui faisait du bien. Une façon de cautériser la blessure à vif.

— Je t'en prie, Ari, épargne-moi ton paternalisme. J'étais peut-être vierge, mais je ne suis pas stupide. Mais merci pour le compliment. Grâce à toi, je sais quoi attendre du sexe. Tu as placé la barre très haut pour mes futurs amants.

La mâchoire d'Ari se crispa. Une victoire creuse qui ne lui apporta aucune consolation.

— Sois honnête, Maddi. Qu'espérais-tu ? répliqua-t-il. Une déclaration d'amour ?

Un coup de poignard au cœur ne lui aurait pas fait plus mal.

— Non, nia-t-elle. Je sais ce que tu penses de l'amour. Que c'est une faiblesse qui mène à l'autodestruction. Mais tout le monde n'est pas ta mère, Ari. Certains guérissent et trouvent le bonheur ailleurs. La mienne a eu le cœur brisé, mais elle n'a pas laissé ce chagrin d'amour la détruire.

— Tes histoires ne m'intéressent pas, la coupa-t-il. Il est temps pour toi de retrouver ta place.

Ma place est ici, avec toi.

Maddi censura les mots que lui dictait son cœur. Il avait raison. Elle devait rentrer auprès de Laia. Remettre de l'ordre dans sa vie. Elle n'était plus la bienvenue ici. Elle ne l'avait jamais été. Ari avait vu une chance de s'amuser un peu et l'avait saisie.

Elle aussi.

Soudain, Maddi en avait assez de ce petit numéro de bravade.

— Tu n'étais pas obligé d'être tendre, Ari. Ce n'était pas indispensable. Mais il a toujours été question de me punir, n'est-ce pas ? Pour m'être dressée entre toi et ta reine promise.

— Je ne suis pas aussi mesquin, gronda-t-il. Notre première nuit ensemble a marqué le début de mon renoncement au pacte de mariage. Croyais-tu vraiment que je m'accommoderais d'avoir Laia pour femme et mon ex-amante employée comme sa dame de compagnie ?

Maddi ne trouva rien à répondre.

— J'ai réalisé que j'avais tenu ce mariage pour acquis, sans me poser de question, poursuivit-il. À aucun moment je n'ai tenu compte des sentiments de Laia. Elle a bien essayé de me parler il y a quatre ans, après les funérailles de son père. Mais j'ai fait la sourde oreille. Je n'en suis pas fier.

— Et pour ce qui est de l'accord de paix ?

Il posa sur elle un regard froid.

— C'est entre moi et Laia. Mais je suis certain que nous trouverons un arrangement.

— Alors tout est bien qui finit bien ?

Maddi aurait dû se réjouir pour sa sœur. Ari reconnaissait enfin ses torts et se montrait disposé à ne pas laisser leurs actions compromettre la paix entre les deux royaumes. Mais elle n'éprouvait qu'un immense vide.

— Je suis désolée pour les problèmes que j'ai causés, murmura-t-elle. Tu vas devoir te trouver une autre reine. Ce ne sont sûrement pas les candidates respectables qui manquent.

Ari la dévisagea en silence. Il la congédiait sans un mot.

Maddi tourna les talons, anéantie. Elle avait eu raison de redouter son rejet. Elle s'était sentie chez elle, ici. Plus maintenant. L'intimité qu'elle croyait avoir tissée avec lui n'existait pas. Comme il l'avait dit, elle avait confondu sexe et sentiments.

Elle atteignait la porte quand sa voix l'arrêta.

— Je constate que tu ne te proposes pas pour remplacer Laia ?

Elle se retourna lentement.

— Pardon ?

— Tu m'as très bien entendu.

Il sait. La soudaine distance, son hostilité à son égard... Tout s'expliquait. Sa gorge s'assécha.

— Comment l'as-tu découvert ? bredouilla-t-elle.

— J'ai demandé à un ami d'enquêter sur toi quand j'ai compris que tu n'étais pas la princesse Laia.

Une enquête ? Maddi était outrée. Mais quel droit avait-elle de l'être après lui avoir menti sur son identité ?

— Depuis quand es-tu au courant ?

— Quelques heures. Ton secret était bien gardé, *princesse* Maddi.

Elle grimaça.

— J'ai toujours su qui j'étais. Mais mon père… le roi… a acheté le silence de ma mère en lui faisant promettre de ne rien dire tant qu'il serait en vie. Quand il est décédé, ma mère était malade. Heureusement, elle s'est rétablie. Mais elle n'a jamais mentionné le sujet, et moi non plus.

Ari croisa les bras sur son large torse. Même maintenant, il continuait à lui faire tourner la tête.

— Si je ne te connaissais pas, je jurerais que tu mens. Qui d'autre, à part toi, renoncerait à une vie de luxe et de privilèges ?

Encore un de ces faux compliments dont il avait le secret. Son air narquois la paralysait.

— Peut-être serait-il temps de sortir de l'ombre, Maddi Smith. Cesse de jouer à être quelqu'un d'autre et assume tes responsabilités.

— Tu es injuste, souffla-t-elle.

Elle commençait à peine à s'en croire capable. Mais ses mots touchaient une corde sensible. Pourquoi n'avait-elle pas cherché à revendiquer sa place légitime après la mort de son père ? Elle aurait pu contacter Laia bien avant que cette dernière ne prenne l'initiative de son côté. Maddi s'était persuadée qu'une vie de princesse ne l'intéressait pas. Que ses idéaux étaient plus nobles que cela. Mais la raison en était peut-être plus prosaïque… La peur d'être rejetée. Par sa sœur. Par le peuple d'Isla'Rosa. Elle en prenait conscience pour la première fois. C'était la peur qui l'avait arrêtée. La peur égoïste de souffrir. Elle n'était pas altruiste et courageuse comme Laia et Ari. Elle ne méritait pas d'être une princesse. Même si ces dernières semaines à Santanger lui avaient donné envie de le devenir.

Au prix d'un énorme effort, elle parvint à garder contenance.

— Au revoir, Ari. Désolée pour tout.

Elle partit sans demander son reste. Lui avait-il dit au revoir ? Sans doute pas.

Tout s'enchaîna très vite après cela. Encore bouleversée par ce qui lui arrivait, elle fut secrètement escortée à bord d'un jet privé, juste au moment où le soleil se levait à l'horizon, annonciateur d'une autre belle journée. Maddi avait le cœur lourd. Elle avait menti à Ari. Elle avait menti au peuple de Santanger. Mais, plus que tout, elle s'était menti à elle-même.

Ari suivit des yeux le jet jusqu'à ce qu'il disparaisse dans le ciel. C'était fini. La femme qui avait chamboulé sa vie avec ses pieds nus, ses dents du bonheur et son insatiable appétit – à plus d'un titre – était partie.

Maudite soit-elle.

Il se détourna de la fenêtre. Son mariage avec Laia n'aurait jamais lieu, mais il l'avait accepté. Ils trouveraient une autre façon de maintenir la paix entre leurs deux pays, même s'il savait qu'une union dynastique aurait été la solution idéale.

Il détestait l'admettre, mais c'était Maddi qui avait fait tomber ses œillères. Si Laia avait réessayé de le raisonner, il ne l'aurait sans doute pas écoutée. Une fois de plus. Il aurait fait son possible pour la convaincre. Peut-être était-ce ce dont elle avait eu peur ? Qu'il s'adresse à la part d'elle qui s'inquiétait pour l'avenir d'Isla'Rosa. Au sens du devoir instillé en elle depuis son plus jeune âge, comme on l'avait fait avec lui.

Il se servit un whisky au minibar. Il n'était même pas 9 heures, mais tant pis. Maddi l'avait dupé. Elle n'était venue à Santanger que dans une seule intention : protéger sa reine. Non… sa sœur. Sa demi-sœur. Il n'en revenait toujours pas de ce que lui avait révélé son ami.

— Tu ferais mieux de t'asseoir, l'avait averti Antonio.

Le père de Maddi était le défunt roi d'Isla'Rosa. C'était lui, l'homme qui avait abandonné sa mère. Ari médita sur ce que cela impliquait. Maddi avait grandi dans la peau d'une princesse exilée. Et elle n'en concevait aucune rancœur ? Non seulement cela, mais elle était devenue pendant un an la dame de compagnie de la princesse. Pourquoi ce choix ? Ne voulait-elle pas que le monde entier sache qu'elle aussi appartenait à la famille royale ? Trop tard pour lui poser la question. Maddi était partie pour de bon.

« Tu n'étais pas obligé d'être tendre. »

Non, il n'aurait pas dû y avoir de tendresse. Il n'avait jamais su contrôler ses impulsions avec elle. La passion ne durait pas, se persuada-t-il. Ce genre d'embrasement retombait aussi vite qu'il avait commencé. Mais avec Maddi… Le feu continuait à brûler comme au premier jour, même maintenant qu'il connaissait toute l'étendue de sa trahison.

Il lui avait fait confiance, et ce malgré son mensonge initial. Il avait si facilement cru en elle ! Mais elle, de son côté, n'avait pas eu assez confiance en lui pour lui avouer sa véritable identité. C'était ce qui le blessait plus que tout. Il avait été dur avec elle. Plus qu'il ne l'avait jamais été avec une femme. Mais aucune autre femme ne lui avait jamais fait perdre la tête comme elle.

Aucune n'avait jamais trouvé le chemin de son cœur.

L'exemple de ses parents lui avait appris que la passion détruisait tout sur son passage. Il s'était cru immunisé contre cela. Il exerçait sur chaque aspect de sa vie un contrôle absolu, y compris sur ses émotions. Jusqu'à ce qu'il rencontre Maddi. Au fil des semaines, il s'était mis à l'imaginer à ses côtés. Il s'était vu la présentant à son peuple comme sa reine, même si, croyait-il alors, elle n'était pas de sang royal. Il était devenu incapable de concevoir sa vie sans elle… Alors qu'elle, pendant ce temps, continuait à lui mentir ! Quel imbécile. Il fallait croire qu'il n'avait pas retenu la leçon.

Il se versa un autre whisky. Maddi Smith pouvait aller au diable ! Il la bannirait de Santanger. Il épouserait une autre princesse royale, qui le soutiendrait fièrement et lui donnerait les héritiers requis par sa position. Quant à ses récents égarements sur le fait de vouloir autre chose, comme être un vrai père, ils retourneraient aux oubliettes, là où était leur place. Et Maddi avec eux.

Un bruit à la porte le fit tressaillir. Il se retourna, le cœur battant. Que disait-il, déjà, sur le fait de jeter Maddi aux oubliettes ? Mais ce n'était pas elle.

C'était son frère.

Dax était là, et c'est sur lui qu'il défoula sa colère et sa frustration.

— Bon sang, où diable étais-tu passé ?

Dax portait un T-shirt froissé et un jean délavé. Ses cheveux étaient plus longs que d'habitude et une barbe de trois jours ombrait son menton. L'éternel bad boy, fidèle à lui-même. Mais il y avait quelque chose de différent dans sa contenance et son allure négligée. Quelque chose qu'Ari reconnut d'instinct.

Une femme.

Dax arqua un sourcil en s'avançant dans la pièce.

— Un whisky avant midi, Ari ? Bienvenue au club.

Ari le regarda se verser un verre et le vider d'un trait, puis s'en servir un second.

— Dax...

— Je suis désolé, Ari.

— De quoi ?

— De ne pas avoir ramené Laia à temps. Elle possède une île en Malaisie. C'est là-bas que nous étions. Je n'avais aucun moyen d'en partir.

Une férocité qu'Ari ne lui connaissait pas durcit les traits de Dax.

— Tu sais que tu ne peux pas l'épouser, n'est-ce pas ?

— Oui, je sais, confirma Ari.

Le visage de son frère se détendit.

— Une de perdue, dix de retrouvées.

Comme si les princesses poussaient sur les arbres. Ari aurait souri s'il avait été d'humeur.

— Que s'est-il passé entre toi et Laia ? questionna-t-il.

Dax évita son regard. La mine coupable. Ari soupira.

— Je ne suis pas idiot, Dax. De toute façon, ce genre d'accord est archaïque et dépassé. Je la connaissais à peine.

Son frère releva la tête.

— J'ai essayé de résister, mais…

Ari compatissait. Ils avaient tous les deux été ensorcelés par les princesses d'Isla'Rosa.

— Tu savais que Maddi était la demi-sœur de Laia ?

Dax acquiesça et se laissa choir sur une chaise.

— Mais je ne pouvais pas te prévenir. Elle avait jeté mon téléphone à la mer.

Ari revit Maddi lançant le sien par la fenêtre et s'esclaffa. Son frère le fixa comme s'il était devenu fou.

— Qu'est-ce qui te fait rire ? C'est un fiasco total.

Ari se rembrunit aussitôt. Dax avait raison, il n'y avait rien de drôle. Le poids sur sa poitrine n'avait jamais été aussi écrasant.

— Maddi !

Laia se précipita pour la serrer dans ses bras. Maddi lui rendit son étreinte, en proie à un maelström d'émotions qui menaçait de l'engloutir à tout instant. Laia recula pour l'examiner de haut en bas.

— Est-ce que ça va ? T'a-t-il laissée partir ou as-tu dû t'évader ? Quel rustre de t'avoir obligée à prendre ma place !

Maddi ne pouvait pas la laisser parler ainsi.

— Tu te trompes, Laia. Il a découvert dès le premier jour que je n'étais pas toi. Mais personne d'autre n'était au courant. Alors j'ai accepté de faire semblant pour te permettre de rester cachée. En réalité…

Elle s'approcha de la fenêtre, le temps de se reprendre.

— Maddi ?

— Je suis tombée amoureuse de lui, confessa-t-elle tout de go. Nous étions ensemble.

Laia la fixa en silence.

— Je vois... Je ne m'attendais pas à cela. Mais j'aurais dû m'en douter.

Maddi fronça les sourcils.

— Que veux-tu dire ?

Laia tourna vers elle l'écran de son ordinateur sur son bureau. Elle devait être en train de visionner des photos d'elle et Ari avant l'arrivée de Maddi. Il y avait celles du bain de foule, où Ari la guidait, une main dans son dos, tandis qu'elle saluait la foule avec un sourire radieux. Et celles de la garden-party pour les travailleurs de première ligne. Quelqu'un avait capturé le moment où Ari la ramenait dans ses bras au palais.

Maddi rougit.

— Je craignais qu'il te garde à Santanger comme monnaie d'échange et ne te libère qu'à condition que j'accepte le mariage, dit Laia. Mais il t'a laissée partir.

— Oui, il m'a laissée partir, répéta-t-elle, le cœur serré.

Elle devait rendre justice à Ari.

— Il a tiré un trait sur votre mariage, Laia. Il a fini par comprendre dans quelle position il te mettait en s'entêtant dans ce projet. Il a admis que tu avais essayé de lui parler et qu'il avait fait la sourde oreille.

— Oh. C'est une bonne nouvelle. A-t-il mentionné l'accord de paix ?

— Oui. Il propose que vous en discutiez prochainement afin de conclure un nouvel accord.

La stupeur se peignit sur les traits de sa sœur.

— Eh bien, peut-être l'avais-je mal jugé, tout compte fait.

— Il ne m'a jamais vraiment forcé la main, tu sais, continua Maddi. J'avais envie de rester, aussi étrange que cela puisse paraître. Je... j'aimais faire semblant d'être toi, même si cela me faisait un peu peur. Mais après un moment, c'est devenu pesant de ne pas pouvoir être moi.

— J'imagine, dit Laia avec un sourire compatissant.

Maddi serra les mains de sa sœur dans les siennes.

— Ari m'a repoussée. Mais cela n'a aucune importance. Ce qui compte, c'est ton couronnement. Rien ni personne ne peut t'empêcher de devenir reine.

Une ombre traversa le visage de Laia.

— Qu'y a-t-il ? s'enquit Maddi avec inquiétude. Que me caches-tu ? Le frère d'Ari t'a-t-il retrouvée ? S'est-il passé quelque chose ?

Laia pâlit.

— Ce n'est rien. Je te raconterai plus tard.

Elle changea brusquement de sujet.

— Je vais de ce pas rédiger une déclaration annonçant que le roi Aristedes et moi avons décidé d'un commun accord de rompre nos fiançailles. Je lui enverrai une copie afin d'obtenir son aval.

Maddi approuva.

— Tu l'auras. C'est quelqu'un de bien. Je suis sûre que tu l'apprécieras quand vous discuterez ensemble.

Laia dut sentir son émotion, car elle lui effleura la joue.

— Oh ! Mads, je suis désolée. N'y a-t-il vraiment aucune chance ?

Maddi fit non de la tête en se retenant de fondre en larmes.

— Aucune. Il a été très clair là-dessus dès le début. Je savais à quoi m'attendre.

Mais cela ne l'avait pas empêchée d'espérer.

— Moi, en tout cas, je suis heureuse de t'avoir retrouvée, déclara Laia. Je veux que le monde entier sache qui tu es. Si tu es prête…

Les mots d'Ari résonnèrent dans sa tête. « Il est temps de sortir de l'ombre. » Elle prit une grande inspiration.

— Je le suis.

Laia exulta. Maddi sourit en s'efforçant de partager sa joie. Un nouvel avenir s'ouvrait à elle. Un avenir dont ne ferait jamais partie l'homme qui lui avait appris à croire en elle, avant de lui briser le cœur en mille morceaux.

Elle haïssait Aristedes.

Elle le haïssait autant qu'elle l'aimait.

12

Deux semaines plus tard

Ari éteignit la télévision. Il se repassait en boucle la présentation officielle de Maddi au peuple d'Isla'Rosa depuis le couronnement de sa sœur la semaine précédente. Il avait approuvé la déclaration de Laia annonçant la rupture de leurs fiançailles. La jeune femme avait eu la décence de l'appeler pour s'excuser de tout ce qui s'était passé et proposer une entrevue afin de discuter de l'avenir des relations entre leurs deux pays. Il avait dû se mordre la langue pour ne pas s'enquérir de Maddi. Il ne voulait plus rien avoir à faire avec elle. Si seulement elle voulait bien arrêter de hanter ses nuits...

Combien de fois s'était-il réveillé tenaillé par un désir que seule une douche glacée parvenait à tempérer ? Dans d'autres rêves, il lui courait après, mais elle disparaissait en riant dans des couloirs toujours vides quand il y arrivait à son tour.

Il perdait les pédales ! Il était d'humeur si massacrante que Dax était retourné à New York, où il vivait la plupart du temps. À vrai dire, Dax ne valait pas mieux que lui. Ari l'avait surpris dans un tel état de transe devant une rediffusion du couronnement de Laia qu'il lui avait demandé :

— Y a-t-il autre chose que je doive savoir sur ce qui s'est passé entre toi et Laia sur cette île ?

Pour la première fois depuis qu'ils étaient enfants, il avait bien cru que Dax allait en venir aux mains. Mais il s'était contenté de l'envoyer paître avant de quitter la pièce en claquant la porte.

Il était tard. Il avait une journée chargée demain. Ari soupira à l'idée d'aller se coucher. Une autre nuit de tourmente à rêver de Maddi. *Maudite soit-elle.*

Alors qu'il s'asseyait à son bureau, on frappa à la porte. Sans doute était-ce Santo voulant savoir s'il avait besoin de quelque chose.

— Entrez, lança-t-il, le nez sur ses papiers.

La porte s'ouvrit et se referma. Silence. Ari se décida à lever les yeux. Une personne se tenait au milieu de la pièce, toute de noir vêtue, une casquette de base-ball sur la tête. Trop petite pour être Santo. Lorsqu'elle leva la tête, une décharge d'adrénaline fusa dans les veines d'Ari.

— Comment oses-tu te montrer ici ?

Il bondit de son fauteuil. Était-il en train de rêver ? La jeune femme ôta sa casquette, et ses cheveux bruns dégringolèrent sur ses épaules. Sa voix tremblait lorsqu'elle parla :

— Désolée. J'avais besoin de te voir.

— Comment es-tu entrée ?

— Je... j'ai contacté quelqu'un qui m'a aidée. Peu importe qui.

— Approche, que je voie si c'est bien toi et non Laia. Peut-être n'en avez-vous pas fini avec vos petits jeux.

Maddi s'avança, très pâle.

— C'est moi, Ari.

C'était bien elle. Il ne rêvait pas. Il n'y avait vraiment qu'elle pour soulever en lui un tel tumulte d'émotions contraires.

— Eh bien, que me vaut le plaisir de cette visite tardive, princesse Maddi d'Isla'Rosa ?

Maddi garda la tête haute face au dédain d'Ari. Elle savait que ce serait une épreuve. Mais pour aller de l'avant, elle devait affronter ses démons et lui dire ce qu'elle ressentait. Plus question de laisser la peur régir sa vie.

Elle déglutit.

— Je suis venue car j'avais quelque chose à te dire.

Ari désigna un siège.

— Je t'en prie, fais comme chez toi. Tu bois quelque chose ? Un whisky, peut-être ?

Son attitude sarcastique l'agaça. S'il le prenait ainsi...

— Avec plaisir. Si cela ne te dérange pas.

— Pas du tout.

Il passa au salon. Elle le suivit en le dévorant des yeux. Il portait un simple jean et une chemise ouverte au col, les manches roulées sur ses avant-bras. Il n'était pas rasé et ses cheveux étaient en désordre. Lorsqu'il lui tendit son verre, elle remarqua pour la première fois ses traits tirés. À cause d'elle ? Avait-il du mal à dormir, lui aussi ?

Elle vida son verre en deux gorgées. Il lui fallait bien cela pour rassembler le courage dont elle avait besoin.

Ari croisa les bras sur son torse.

— Tu voulais me dire quelque chose ?

Elle devait être folle, songea Maddi. Elle lui donnait littéralement son cœur à piétiner. Mais si elle ne tentait pas sa chance, elle le regretterait toute sa vie.

— Oui, dit-elle d'une voix claire. Je t'aime, Aristedes. C'est ce que je suis venue te dire. Quand tu m'as demandé si j'attendais une déclaration d'amour, j'ai répondu non par lâcheté. Mais c'était bien ce que j'espérais.

Elle leva une main lorsqu'il voulut l'interrompre.

— S'il te plaît, ne me dis pas que je crois être tombée amoureuse de toi parce que tu es mon premier amant. Non, Ari. Ce que je ressens transcende le sexe. C'est un amour pour la vie. Je crois que, toi aussi, tu as des sentiments pour moi, ajouta-t-elle. Tu es en colère car tu ne l'avais pas prévu, et aussi parce que je ne t'ai pas dit qui j'étais vraiment. Laisse-moi t'expliquer pourquoi.

— Je t'écoute.

La mine hermétique d'Ari n'était guère encourageante. Mais trop tard pour faire marche arrière.

— Tu avais raison, dit-elle. Je me cachais dans l'ombre. J'aurais pu aller trouver Laia après la mort de notre père et revendiquer mon titre. Mais je ne l'ai pas fait. Je me disais que c'était parce qu'être une princesse ne m'intéressait pas. En réalité, j'étais terrifiée à l'idée d'être rejetée. Comme je l'avais été par mon père avant même ma naissance. L'exil de ma mère et le mien ont laissé de profondes séquelles, plus que je ne l'imaginais, au point d'affecter ma vie entière.

Elle s'obligea à continuer.

— Puis je t'ai rencontré et je suis venue ici. Laia attendait le bon moment pour révéler mon identité au grand jour. Je ne pouvais pas trahir sa confiance et prendre le risque que l'information soit utilisée contre elle. Alors je n'ai rien dit. Mais une fois de plus, j'avais peur. Je craignais que tu me rejettes même en sachant la vérité.

Ari garda le silence, une expression indéchiffrable sur le visage.

— S'il y a la moindre chance que mes sentiments soient réciproques, j'aimerais faire partie de ta vie, Ari. Continuer à t'aimer et mieux te connaître. J'ai conscience que cela veut dire devenir reine, alors que je commence à peine à m'habituer à mon rôle de princesse. Mais je ferai de mon mieux pour te rendre fier, parce que je t'aime. Je t'aime tellement !

Maddi se tut, le cœur battant. Elle venait de se mettre à nu devant Ari, qui continuait à la fixer sans un mot. Les yeux agrandis par le choc. À l'évidence, il ne savait que répondre, ce qui ne pouvait signifier qu'une chose : il ne partageait pas ce qu'elle ressentait. Son cœur s'émietta dans sa poitrine. Elle recula, dévastée.

— D'accord, je m'en vais. Tu ne me reverras plus, promis.

C'était un miracle que ses jambes fonctionnent encore. La tête vide, elle rebroussa chemin vers la porte. Alors qu'elle tournait la poignée, elle perçut un mouvement derrière elle. Deux mains surgirent de chaque côté de sa tête et se plaquèrent contre la porte pour la refermer. Maddi était prisonnière entre les bras d'Ari.

— Où crois-tu aller ?

Maddi frémit.

— Ari, je suis désolée que le mariage n'ait pas eu lieu, d'accord ? Laisse-moi...

Il la fit tourner sur elle-même si vite qu'elle en eut le vertige. Mais c'est l'intensité de son regard qui lui coupa le souffle.

— Je me fiche du mariage. Tu ne vas nulle part, car ta place est ici. Je ne suis plus que l'ombre de moi-même depuis que tu es partie.

— Depuis que tu m'as laissée partir, corrigea-t-elle, un trémolo dans la voix.

Il secoua la tête.

— J'étais en colère. Tu as fait irruption comme une tornade dans ma petite vie bien réglée. Tu m'as obligé à me remettre en question en remuant des émotions que je gardais enfouies et d'autres dont j'ignorais l'existence.

Maddi osait à peine respirer.

— Est-ce une bonne chose ?

Sa question le fit rire.

— Seulement si tu restes à mes côtés.

— Tu veux que je reste ?

— Oui. S'il te plaît.

— En tant qu'invitée ? Avant que tu n'épouses un bon parti ?

Ari fronça les sourcils.

— Tu ne comprends toujours pas ? Il n'y a que toi, Maddi. Toi et personne d'autre. Je suis si amoureux que je perds pied sans toi. Toi seule peux me sauver.

Quelque chose céda en Maddi.

— Alors pourquoi m'as-tu laissée partir ? s'écria-t-elle. Pourquoi ne m'as-tu pas retenue ?

— Parce que je suis un idiot et un lâche. Parce que j'étais blessé que tu ne m'aies pas fait confiance.

Elle se mordit la lèvre.

— Je suis désolée, Ari. J'ai confiance en toi. C'est en moi que je n'avais pas confiance.

Ils échangèrent un long regard.

— Et si je n'étais pas venue ce soir ? murmura-t-elle.

— Alors j'aurais continué à faire la tête dans mon coin pendant une semaine ou un mois. Mais j'aurais fini par comprendre que mon entêtement me faisait perdre la meilleure chose qui me soit arrivée dans la vie... Toi.

Maddi lui sauta au cou, si brusquement qu'Ari, pris au dépourvu, perdit l'équilibre. Ils s'étalèrent par terre avec un choc sourd.

Maddi était étendue à plat ventre sur lui. Elle releva la tête.

— Désolée. Est-ce que ça va ?

Ari grimaça.

— J'ai dû me casser le dos, mais peu importe.

Il roula avec elle de manière à inverser leurs positions, preuve que son dos se portait comme un charme. Maddi croisa les mains sur la nuque d'Ari.

— Tu es sincère ? Tu ne penses pas que je confonde sexe et sentiments ?

Un sourire voltigea sur les lèvres d'Ari.

— Non, Maddi. Ce qu'il y a entre nous transcende le sexe. C'est un amour pour la vie. Peut-être n'était-ce pas prévu, mais c'est ce que je veux.

— Moi aussi.

Il l'embrassa avec fougue, plaçant un bras sous son dos pour la plaquer contre lui. Elle écarta les jambes, extatique en sentant son corps s'imbriquer entre ses hanches et réagir à celui d'Ari. Il rompit leur baiser pour sortir quelque chose de sa poche. La bague de fiançailles qu'elle avait laissée en partant.

— Je la porte toujours sur moi depuis ton départ, confia-t-il. Je la regarde en te maudissant d'avoir fait de moi quelqu'un d'autre. Quelqu'un que je ne reconnais pas. Si tu savais les rêves bizarres que je fais...

— Moi aussi ! s'exclama Maddi. Des rêves où je te cherche sans jamais te trouver.

Il la contempla un instant, avec tant d'amour dans les yeux que son cœur se mit à danser la sarabande. Il lui prit la main et glissa la bague à son annulaire.

— Maintenant que nous nous sommes retrouvés, je ne veux plus jamais te perdre, Maddi.

— Moi non plus. Je t'aime, Ari.

Il imprima un baiser dans le creux de sa paume, puis l'aida à se lever. La main dans la sienne, elle le regarda poser un genou à terre. Elle était en tenue de sport, ni coiffée ni maquillée. Mais cela n'avait aucune importance.

— Maddi Smith… Non, princesse Maddi, me feras-tu l'honneur de devenir ma femme et la reine de Santanger ?

Une soudaine appréhension s'empara d'elle.

— Et si je n'en étais pas capable, Ari ? Je sais à peine me comporter en princesse. Je ne veux pas te décevoir.

Il se redressa et lui entoura le visage de ses mains.

— Tu es la meilleure reine dont Santanger et moi puissions rêver, affirma-t-il. Tu l'as prouvé en moins de trois semaines. Je t'aime et mon peuple aussi. C'est ta destinée, Maddi. Je veux que tout le monde voie quelle personne fantastique tu es.

— Merci, souffla-t-elle. C'est la plus belle chose qu'on m'ait jamais dite.

— Alors ? Acceptes-tu de m'épouser ?

Elle acquiesça, les larmes aux yeux.

— Bien sûr que oui !

Il captura sa bouche dans un long et langoureux baiser, avant de la soulever dans ses bras et de la porter jusqu'à ses appartements. *Leurs* appartements. Où il lui démontra toute la nuit combien il l'aimait.

À l'aube, ils s'éveillèrent dans les bras l'un de l'autre. Heureux d'être ensemble, sans plus avoir à se cacher. Mais une question taraudait Maddi.

— Et si je n'avais pas été la sœur de Laia ? Si j'étais une simple roturière ?

Ari s'appuya sur un coude.

— J'avais déjà demandé à mon assistant d'éplucher la Constitution afin de trouver un moyen de t'épouser.

Maddi se redressa comme un ressort.

— Vraiment ? Quand ?

Il sourit.

— Le jour de la garden-party.

— Oh...

S'il lui était resté le moindre doute, il venait de s'évanouir. Le cœur de Maddi était si gonflé d'amour qu'il menaçait d'éclater.

— Tu crois que nous pourrions organiser une conférence de presse ? demanda-t-elle.

— Pour quoi faire ?

— J'aimerais m'excuser auprès des habitants de Santanger de les avoir trompés sur qui j'étais.

— C'est à moi de m'excuser, décréta Ari. C'était mon choix.

— Non, c'était le mien aussi. J'aurais pu refuser ou partir. Mais j'aime profondément ces gens. Je ne voudrais pas qu'ils croient que je leur ai manqué de respect.

Ari la couva d'un regard admiratif.

— Tu es incroyable. Tu le sais, cela ?

Elle haussa les épaules, gênée tout à coup.

— Entendu, répondit Ari. Nous donnerons une conférence de presse afin d'annoncer notre mariage. Tu en profiteras pour dire ce que tu as à dire.

La conférence de presse eut lieu la semaine suivante. Maddi était nerveuse, mais les mots qu'elle adressa au peuple de Santanger venaient du cœur. Puis Ari lui prit la main et proclama haut et fort :

— Voici la princesse dont vous et moi sommes tombés amoureux. Bientôt, elle deviendra ma femme et votre reine.

Suivit un silence alors que les gens absorbaient la nouvelle. Puis la foule éclata en un tonnerre d'applaudissements ponctué d'acclamations euphoriques. Par la suite, Maddi jurerait que même les plus endurcis des journalistes avaient eu la larme à l'œil.

Un mois plus tard, Maddi et Ari franchissaient main dans la main le portique de la cathédrale de Santanger. Ari avait été subjugué lorsque Maddi était apparue dans sa longue robe blanche en dentelle, simple et classique. Un voile vaporeux ondoyait autour d'elle, fixé à la tiare dans ses cheveux. Au mépris du protocole, elle scella leurs lèvres dans un baiser. Et qui se souciait du protocole en ce jour de liesse ? Ari enlaça sa reine et l'embrassa avec toute la passion qu'il lui vouait, sous les vivats de la foule qui applaudissait en leur jetant des fleurs.

Ce mariage marqua le début d'une nouvelle ère pour la famille royale de Santanger et d'une paix durable avec Isla'Rosa.

Quelques jours plus tard, ils savouraient leur lune de miel dans leur propriété privée au cœur des montagnes. C'était Maddi qui avait insisté pour qu'ils restent sur l'île, afin de partager leur bonheur le plus possible avec les habitants de Santanger.

Le soleil couchant baignait le paysage d'une chaude lumière orangée. Ils se reposaient après avoir fait l'amour, envahis par une douce langueur. Et une certaine émotion. Quand Ari avait voulu attraper un préservatif, Maddi l'avait retenu. Leurs regards s'étaient croisés et tout avait été dit. Maddi était embarrassée de l'admettre, mais elle avait été émue aux larmes à l'idée de fonder une famille par amour. Pour eux, ce serait différent, espérait-elle.

Non... Elle le savait.

Elle embrassa Ari sur le torse.

— Je t'aime, mon roi.

— Je t'aime aussi, reine Maddi de Santanger, répondit-il en lui caressant les cheveux.

Une soudaine pensée vint à Maddi.

— Au fait, as-tu des nouvelles de Dax ?

Ari secoua la tête.

— Non. Je devrais ?

— Je ne sais pas... Je n'ai pas de nouvelles de Laia non plus. Elle est partie juste après la réception, en invoquant une urgence sans gravité. J'ai cru voir Dax s'en aller peu après.

Ari serra son corps nu contre le sien.

— Il s'est passé quelque chose entre eux sur cette île. Il n'a pas voulu en parler.

— Laia non plus.

Maddi était un peu vexée. Mais les mains baladeuses de son mari l'inclinaient à de plus agréables préoccupations.

— Ils sont tous les deux adultes. Ils sauront quoi faire.

— Comme nous, tu veux dire ?

Elle se hissa sur lui avec un sourire malicieux. Il répondit en plaquant les mains sur ses fesses.

— Exactement comme nous.

— Dans ce cas, je leur souhaite bon courage...

Ari lui donna une tape faussement outrée.

— Hé ! Qu'est-ce que tu insinues ?

Elle le fit taire d'un baiser.

— Rien. Je suis heureuse que toi et moi nous soyons retrouvés.

Ari la fit basculer sur le dos et se retrouva sur elle, niché entre ses cuisses. Elle croisa les jambes autour de lui dans une invitation explicite. Le message passa cinq sur cinq.

Encore une journée qui s'achevait, plus belle qu'hier et moins que demain. Le peuple de Santanger adorait sa reine, presque autant que le roi lui-même. Pas tout à fait. C'était impossible, bien sûr. Leur amour était pour la vie, et ils le prouvaient en s'aimant davantage chaque jour, unis dans un bonheur sans nuage.

Vous avez aimé ce roman ?
Découvrez l'histoire de la princesse Laia
dès le mois de novembre dans votre collection Azur !
Un roman signé Abby Green.